中华先锋人物
故事汇

林巧稚

火焰与磁石

LIN QIAOZHI
HUOYAN YU CISHI

陈梦敏 著

党建读物出版社　接力出版社

图书在版编目（CIP）数据

林巧稚：火焰与磁石/陈梦敏著．—南宁：接力出版社；北京：党建读物出版社，2024.2

（中华人物故事汇．中华先锋人物故事汇）

ISBN 978-7-5448-8472-3

Ⅰ.①林… Ⅱ.①陈… Ⅲ.①传记小说－中国－当代 Ⅳ.①I247.5

中国国家版本馆CIP数据核字(2024)第037075号

林巧稚——火焰与磁石

陈梦敏 著

责任编辑：唐 玲 曾先运 李晓丹
责任校对：阮 萍 童小伟
装帧设计：严 冬 美术编辑：严 冬
出版发行：党建读物出版社 接力出版社
地 址：北京市西城区西长安街80号东楼（邮编：100815）
 广西南宁市园湖南路9号（邮编：530022）
网 址：http://www.djcb71.com http://www.jielibj.com
电 话：010-65547970/7621
经 销：新华书店
印 刷：北京科信印刷有限公司
2024年2月第1版 2024年2月第1次印刷
787毫米×1092毫米 32开本 5印张 76千字
印数：00 001—10 000册 定价：25.00元

版权所有 侵权必究

质量服务承诺：如发现缺页、错页、倒装等印装质量问题，可直接联系本社调换。
服务电话：010-65545440

目录

写给小读者的话 ················ 1

童年的变故 ·················· 1

梦想再次被擦亮 ··············· 9

考场上的意外考验 ············· 17

走进协和医学院的殿堂（上）··· 25

走进协和医学院的殿堂（下）··· 33

入职协和，初试锋芒 ··········· 39

第一次独立手术 ··············· 45

远赴英国进修 ················· 53

胡同里的诊所 ················· 59

特殊的出诊包 ················ 65

乱世下的繁忙 ················ 73

崭新的日子 ·················· 79

有个孩子叫念林 ·············· 85

攻克新生儿溶血症难题 ········ 93

学无止境 ···················· 99

一切为病人着想 ············· 105

永不停歇的探索 ············· 113

故乡人,故乡情 ············· 119

救命的林婆婆 ··············· 125

最后一个病人 ··············· 133

生命的尽头 ················· 139

写给小读者的话

亲爱的小读者们，你们好！每一个呱呱坠地的婴孩，都会得到这个世界善意的拥抱。大概大家都没有注意到，给予婴孩人生中第一个拥抱的人，不是爸爸，不是妈妈，而是迎接新生命的"白衣天使"。今天，我就要向大家介绍这样一位圣洁的天使。

她名叫林巧稚，是中国著名医学家、医学教育家，中国现代妇产科学的主要开拓者、奠基人，北京协和医院首位中国籍妇产科主任，中国科学院第一位女学部委员（院士）。她终身未婚未育，却亲手接来了五万多个新生命，被誉为"万婴之母""生命天使"。

一九〇一年，林巧稚出生在福建省厦门鼓浪屿的一个普通家庭。童年丧母，让她萌生了当医生的念头。年少时，品学兼优的林巧稚被北京协和医学院录取，她异常珍惜这样的机会，全心全意朝着多年前的理想奋力奔跑。经过八年的学习，她顺利毕业，并获得医学院授予的"文海奖"。该奖项的设立是为了表彰医学院表现最出色的学生，每届只有一人能获得。

正式成为一名医生之后，林巧稚兢兢业业，精湛的医术使她脱颖而出，成为北京协和医院首位中国籍妇产科主任。

在漫长的行医生涯中，林巧稚从明眸皓齿的少女逐渐变成人人爱戴的林婆婆。但不变的是她对患者的体贴和关爱，她永远把患者的需求放在第一位。

她把家安在协和医院的对面，而在她的床头，安放着一部电话。在无数个寒冷的夜晚，只要电话一响，她就会立即奔向医院，拯救那些因病情突然恶化而濒临死亡的生命。她曾开玩笑说："我的唯一伴侣就是床头那部电话,我随时随地都是值班医生。"

在疑难杂症面前,她也从不退缩,像一位意气风发、斗志昂扬的战士。

她曾主持过国内首例新生儿溶血症患者的手术,并大获成功。

她对妇科肿瘤进行研究,曾为一名老妇人摘除巨大的肿瘤。

她将本职工作落到实处,扎扎实实地为城市居民做普及调查,还跟着巡回医疗队为偏远山区的群众送去关怀,提供医疗援助。

面对医学上的难题,林巧稚有一股傲气,但对病人,她却永远如春风一般和煦。

我国著名作家冰心如此评价林巧稚:她是一团火焰、一块磁石。她的"为人民服务的一生",是极其丰满充实地度过的。

下面,就请大家跟随我,一起来听一听林巧稚的故事吧。

童年的变故

三角梅生得寂静又热烈,红艳艳的花朵像一群展翅欲飞的蝴蝶停歇在枝头,只消一阵小风,便会随风蔓延、散落开去,一簇一簇,将绿意浓浓的小岛点燃。高大的榕树如长者一般静静地伫立,陷入沉思之中,长长的气根随风飘摇,最终会不动声色地扎向脚下的泥土。

风急一阵缓一阵,将海浪击打礁石的歌声吹来又吹散。

吱呀一声,白色小楼的门打开了。一个小女孩从门里奔出来,嗒嗒嗒,小皮鞋敲打在连接着晃岩路的青石栈道上。

正午时分,树的香气,花的香气,都被太阳晒得暖烘烘的，一仰脸，就会有蓬蓬的香气落下来。

"丽咪，慢点儿！"

阿妈唤着林巧稚的小名儿，下意识地提醒她。

巧稚停住脚，反过来催促阿妈："阿妈，快点儿！阿爸一定饿了！阿妈，您说，待会儿阿爸会不会觉得我包的薄饼太好吃了？"

"阿爸一定会夸丽咪有一双巧手！"

巧稚满意地笑了，她仿佛看见了阿爸将卷着豆苗、胡萝卜、鱼肉的薄饼放进嘴里，一个劲儿地说小丽咪真能干。

巧稚是阿爸阿妈的掌上明珠呢。

一九○一年十二月二十三日，林巧稚降生在福建省厦门鼓浪屿岛上一个温馨的家庭。那时大她十七岁的大姐已经出嫁，大她十三岁的大哥则在厦门上学。巧稚的到来，无疑给这个有点冷清的家带来了新的生气。屋子里多了巧稚哇哇的哭声，咯咯的笑声，还有阿爸阿妈一声又一声爱的呼唤。瘦弱的巧稚，在这爱的呼唤中会咿咿呀呀说话啦，会摇摇摆摆走路啦，会像小兔一样蹦蹦跳跳啦，也会灵活地钻进父亲怀里，一遍一遍地要他讲故事啦。

在林巧稚出生前的半个多世纪，清政府先后与英国签订了《南京条约》，与美国签订了《望厦条约》，与法国签订了《黄埔条约》，与日本签订了《马关条约》。随着帝国主义列强入侵，沿海城市厦门成为西方各国的通商口岸。位于厦门岛西南的小岛鼓浪屿，因气候宜人，风景秀美，成为外国人的聚居之地。

鸦片战争之后，东南沿海一带"出洋"的人非常多。随着时间的流逝，有人旅居海外，有人客死他乡，有人则选择落叶归根，回到家乡，用辛苦积攒下来的血汗钱置地建房，营造家园。林巧稚的父亲林良英幼年便随祖父"出洋"，在新加坡一个英国人开办的学堂读过十年书。

林良英天资聪颖，能说一口流利的英语。回到鼓浪屿之后，他成了岛上颇有名气的翻译，同时也在中学里当英语教员，靠翻译与教书维持生计。巧稚的母亲何晋虽不识字，但心地善良，贤惠能干，把家打理得井井有条。

每天中午，巧稚会随母亲一起，去学校为父亲送饭。父亲待人极为和善，思想开明，没有男尊女卑的陈旧观念。他把活泼可爱的小女儿巧稚视若珍宝，会陪着她玩，也常常给她讲故事。见女儿对满是字母的书籍感兴趣，他就把女儿当成了他最小的学生，教她一些简单的英文词句。

寻寻常常的日子，有着最温暖的气息。

然而，天有不测风云，当巧稚在盼着迎来自己的五岁生日时，家里却走进一位穿着长衫，拎着药箱的大夫。

阿妈病了！病得不轻！

她脸上的灰暗，一天比一天深，一天比一天浓，一天比一天重！

大夫开始频繁地出入这幢洁净的白色小楼，为阿妈问诊、开药，小楼里开始飘散着苦苦的药味儿。

最初，阿妈还能强打精神自己煎药，渐渐地，她枯瘦了下去。那些黑乎乎的药汤，没有将健康还给她，反倒像一点儿一点儿抽干了她的力气。终于有一天，阿妈没法下床了。

仿佛有看不见的恐惧攫住了巧稚的心，那些脆生生的笑声也从屋子里消失了。巧稚学会了悄无声息地走路，学会了压低嗓门轻语，学会了拿着手巾为阿妈擦汗……不能打扰阿妈休息，要想尽办法让阿妈快乐起来。年幼的巧稚，一下子长大了。

"阿妈，快看，我捡了你最喜欢的木棉花！"这一天，巧稚将落花捧到阿妈面前。火红的木棉花那么明艳，却灼痛了阿妈的眼睛。

阿妈的泪从眼角滑落，在脸上留下长长的晶亮的印痕。

"丽咪，要听阿爸的话，要乖乖的。"

"我听话，听阿爸的话，也听阿妈的话，阿妈要快点好起来！阿妈好了，就带我去海边捡最漂亮的贝壳。"

"阿妈怕是没法……"阿妈的话没说完，似乎被更大的悲伤笼罩了。

小小的丽咪不懂得阿妈的心，只会慌慌地伸手为阿妈擦拭眼泪："阿妈，不哭……"

"丽咪，出去玩吧，让阿妈好好休息。"阿爸轻轻地对她说。

终于有一日，大夫嘱咐阿爸，该着手办后事了。

巧稚不明白后事是什么，只看见阿爸一怔，人矮了一截似的，连送走大夫的脚步也沉重起来，啪嗒——啪嗒——踏在地上就像拔不出来一样。巧稚的心一颤一颤的。

不几日，大姐、大哥都回来了，但家里再不似从前那般有团聚的喜气，悲伤写在了每个人的脸上。

卧在床上的阿妈面色蜡黄、眼窝深陷，苍白的嘴唇翕动着，却没人听得见她的声音。

阿爸握着她的手："你放心，我一定会好好照顾丽咪……"

阿妈吃力地抬起眼皮，深深地看了一眼小小的丽咪，合上了双眼。

屋子里顿时哭成一团。

丽咪也忍不住放声大哭，这会儿，丽咪知道了——阿妈永远不在了！不会再带着自己去海边捡贝壳，不会再为自己缝好看的花裙子，也不会再为自己做好吃的薄饼……阿妈永远不在了！

大夫没能治好阿妈的病，阿妈孤零零的一个人离去了，留给丽咪的，是无限的孤单！

在后来的很多天，丽咪总是将小小的身子蜷缩在阿爸的怀里，阿爸依然会同往常一样，爱怜地抱着她。可就算他们彼此相依，寒冷却像生了根，在屋子里的角角落落覆上一层霜。缺少了阿妈的家，是阳光照耀不到的地方。

"我长大了，要当一名好医生！"巧稚仰着稚气未脱的脸，看着父亲，无比郑重地说。

梦想再次被擦亮

悲伤在父亲的心里筑下迷宫,层层叠叠,弯弯绕绕,每一个闪着微光的岔路,都通向令人绝望的现实。

那个眼眸明亮、嘴角含笑的父亲变了样儿。他仿佛有叹不完的气,也仿佛有拭不净的痛楚,鬓角白了,精神颓了。终于有一天,像半年前的母亲一样,父亲也倒下了,他躺在残留着母亲气息的大床上,如卧在漂泊的孤舟上,即使命运的海浪要将他吞没,他也无力奋起反抗。

大哥振明退了学,回来撑起这个摇摇欲坠的家。

五岁的巧稚被送进幼稚园。

大病一场的父亲，消瘦了许多，也苍老了许多，但他终于熬过了近三年的漫长时光，重新步入校园，教书育人。

后来，巧稚也离开幼稚园，进入与它一墙之隔的蒙学堂，正式开始了她的小学生涯。那时候，一般人家守着"女子无才便是德"的古训，加上学费对普通人家来说，也是一笔不小的负担，因而很少让女孩子进入学堂。巧稚对上学的机会异常珍惜。家庭的变故，让她过早地窥见世间的艰辛，她严格要求自己努力上进，学习成绩在班上一直名列前茅。

一九一一年九月，品学兼优的林巧稚考入鼓浪屿女子师范学校，这所学校是当时鼓浪屿乃至整个厦门地区最好的一所女子学校。学校设有初中部和高中部，也有学生宿舍，供外地学生住宿。林巧稚入学时，整个学校只有三十多个学生。

校长是个英国人，名叫玛丽·卡林，大家都称她为卡林小姐。卡林小姐平素不苟言笑，巧稚十分敬重她，暗暗将独立自主的卡林小姐视为榜样，由衷地钦佩她远渡重洋，孤身一人来中国执教，只为将知识的种子播撒到每一位学生心间。

英语、数学、自然、生物、国文、历史……巧稚如饥似渴地徜徉在知识的海洋里。书籍为她敞开了另一个世界的大门，她逐渐树立起自立自强的人生目标。

不知不觉，还有半年时间，巧稚就要高中毕业了。此时，进入学校读书的女孩子多了起来，校方的师资力量就显得很是紧张。卡林小姐看中了品学兼优的巧稚，想请她帮忙。学校可以提供半工半读的机会，待到巧稚毕业，只要她愿意，就能继续留校当教员。

于是，巧稚每天花半天时间学习，剩下的半天则用来做学校的工作。学习变得紧张，加上工作接手初期感到茫然，巧稚的压力陡然加大。好在巧稚聪慧，又肯吃苦，硬是顶住压力，在不影响学习的情况下，又把学校安排的工作做得很好。

起先，巧稚只是在学校里帮着打打杂，后来，巧稚也站上了讲台，为低年级的学生讲课。巧稚比台下坐着的学生们大不了几岁，她自己也还是个学生，她就常常把自己的学习心得体会跟他们分享，得到了意想不到的效果。

有学生开始喊她林老师了。

巧稚很不习惯,但很快意识到这是一个神圣的称谓。这些学生也同她一样,渴望着知识的滋养,渴望着成为一个有用的人,渴望着走向更广阔的世界。他们对自己那么亲热,又那么信赖。每当他们用那清澈而坦诚的眼神望着她时,她也会不由自主地为能传授给他们知识而快活。"当一名老师,也很幸福呢。许多年以后,也许自己也会桃李遍天下吧。"巧稚爱上了教师这一职业,她对此投入了巨大的热情。由于表现出色,她的月薪也由最初的两块大洋涨至四块大洋。

而在毕业之际,巧稚也为自己的高中生涯画上了一个圆满的句号——一张令人满意的成绩单:数学、地理、历史、生物、作文……十二门功课中,巧稚有九门位列年级第一。

毕业之后的巧稚,顺理成章地留在学校,从一名学生正式成为一位教员。

一日,巧稚被卡林小姐唤进办公室。

巧稚心里忐忑,一路上,她不停地回想自己最近有没有犯错,也许,在严厉的卡林小姐眼里,自己也有言行不妥的地方吧?

"巧稚,坐下吧。"见巧稚局促不安的样子,卡林小姐觉得面前站着的仍然是一名涉世未深的学生,于是尽量让自己的神色柔和一些,轻声用英语跟巧稚交谈。作为学校的英语教员,巧稚能够以流畅的英语与卡林小姐对话。

"你在学校的工作很出色,老师们都在夸你呢。"

巧稚这才微微松了一口气,看起来,卡林小姐不是想要批评自己。

"是个好苗子!按说呢,我们学校就差你这样的人才,不过……"

巧稚的心一下子又提了起来:"校长是要找个理由辞退自己吗?是我做得不够好吗?是我在什么地方出了差池吗?"巧稚不敢看卡林小姐的眼睛,她听到了自己的心怦怦直跳的声音。

"学校还是希望每一个学生都能学有所成。巧稚,你是我见过的最好的学生,你应该受到更完整的教育。我从朋友那儿听到这么一个消息,协和医学院要收医学生,你去不去?"

巧稚怔了一下。

"要去哪里?"她有些吃惊,都忘记了最初的紧张。

"医学院在北京,那是美国洛克菲勒基金会在中国办的学校,只要拿到协和医学院的毕业文凭,你在世界各地便都有行医的资格。"

北京?医学生?巧稚有些恍惚起来。

这一切,好得太不真实,像梦。校长的声音似在云端,缥缥缈缈地传来。而巧稚此时想起了许多年前的那一幕——她说,长大了要当一名好医生!

行医治病,救死扶伤……一位良医,能减少多少人肉体的病痛,又能消弭多少失去亲人的伤痛!

巧稚想起母亲,那个在遥远的日子里喊她"丽咪,慢点儿"的母亲,那个喜欢捧着她的脸蛋轻轻"啄"一下的母亲,那个躺在床上奄奄一息的母亲……

"怎么样,要不要去报考试一试?"卡林小姐的目光有些热切,"我都已经向朋友说了,我们学校的林巧稚要是去报考,一定能考上!"

巧稚的心也炽热起来。

成为一名好医生,是她在懵懂的孩童时代就说过的话呀,没想到,还真有机会摆到面前。

"谢谢卡林小姐!"不知怎的,巧稚的喉头有点发紧,热泪让她的双眼变得朦胧,但她却清清楚楚地看见了——事隔多年,她那蒙尘已久的梦想被再一次擦亮了!

考场上的意外考验

轮船在蔚蓝的大海上行进,海风拂来,撩起巧稚乌黑的发丝。洁白的海鸥,展开宽大的羽翼,在海与天之间轻盈地盘旋。阳光落在海面上,浪花也闪着细碎的金光。

巧稚的心里充满了向往,但也隐隐有着不安。

协和医学院这一年只招二十五名学员,考点分别设在北京和上海。巧稚清楚地知道,自己能前往上海赴考是多么不易!

那时,继母为父亲生了六个孩子,加上她带来的两个子女,巧稚的家变得人丁兴旺,但对父亲而言,这却是一个不小的负担。日趋衰老的父亲在勉力维持着大家庭的开支,倘若巧稚舍弃当教员的机会，进入医学院学习，这一出一进，会让家庭的经济状况更加捉襟见肘。

好在父亲和大哥都支持巧稚，大哥为她筹足路费，嘱咐她一定要好好地考。大哥只读过一年大学，他很希望成绩优异的妹妹能够把握住这次难得的机会，也许他也想让妹妹替自己圆少年时的大学梦吧。

在海上航行了三天两夜，巧稚到达了上海，入住一家青年会馆。

考试那几天，正是上海暑热正盛的时候。无论在会馆还是在考场，都没有电扇。在会馆还好，大家可以一边摇着扇子一边说话，哪怕身上一直汗津津、黏糊糊的，总归是有点小风，能让人清爽一些。在考场就不行了！每个人都在低头紧张地做着试卷，后背上都浸出一大片汗印子，而试卷上也不时被啪嗒滴落下来的汗珠洇出一个湿漉漉的圆。

一场一场考过来，到了第三天的最后一门考试——大多数学生最怕的外语。未进考场前，两百多名考生在考场的过道里，三三两两，交头接耳，有的甚至唉声叹气。巧稚知道，上一场考试，有两名考生走出考场时，口里直说放弃，这会儿，巧稚果然没见那两人的身影。

但这令多少人畏惧的外语却是林巧稚最拿手的一门。

早在初中时，她就对父亲书架上那些英文小说很是痴迷。在家里，也只有大哥和她能用英语跟父亲熟练地交谈。也许，外语这一门考试能让她一下子将许多竞争者甩到身后！

入了考场，巧稚从监考先生手中接过两大张考卷，她迅速地浏览着：填空、选正、改错、英译汉、汉译英、短文翻译……巧稚心里有了底，这试卷题量大，但对她来说并不算难。

巧稚拿起笔开始低头答题。沙沙沙，笔尖在纸上划出轻快的声音，当医学生的梦想近了，更近了，仿佛触手可及。

可有一个单词像路上的小石子，绊了巧稚一下。

"bike"，巧稚知道，那是一种交通工具，但她不知道该怎么翻译成中文，因为那会儿她还从来没见过自行车呢。她皱着眉头略一思忖，写下了一行字——供一人使用的两轮车。这样的翻译让她心里有些惴惴的，但她找不到什么合适的词汇。

考场里突然一阵喧哗。

原来是一名女同学受不了这酷热的天气，中暑昏倒了！

监考先生翻开花名册，知道这位女生是厦门来的，于是大声询问："有没有从厦门来的女生？来帮个忙！"老师都是男士，不方便对女学生进行施救，只好求助在场的考生。

"我是从厦门鼓浪屿来的。"巧稚来不及多想，放下试卷就跑了过去。

巧稚身材纤细，力气却不小，这大概与她爱打篮球有关。她跟陪考先生一起，将失去知觉的女生抬进休息室。幸好，巧稚略懂一些医学常识。见这名女生满脸通红，一摸，身上还是滚烫的，没有汗，巧稚赶紧解开女生上衣领口的盘扣，为她散热，又拧了一条湿毛巾，搭在她的额头上。陪考先生找来了中国传统的解暑良药人丹，巧稚接过来，掰开女生的下颌，将人丹和温水一起喂了进去。

一阵紧张的忙碌之后，女生终于呻吟了一声，

考场上的意外考验

睁开了双眼。

"太好了！你醒了！"巧稚下意识地抹了一把额头，全是汗！

"考试，我的考试！"见女生没事了，巧稚这才想起自己的考试，雀跃的心情瞬间落到了谷底。耽误了这么久，考试已经结束了，这可是她最拿手的一门啊！要知道，这次考试的竞争是多么激烈，全国只录取二十五名学生。成绩相差一两分，都会被许多人甩在后头，何况，她的试卷上还有一半儿没写呢！巧稚沮丧极了，千里迢迢来到上海，却遇到这样的事情，从此，与学医无缘，与梦想无缘！

巧稚灰心丧气地回到了鼓浪屿。

也许当一名医生的梦想太过奢侈。协和医学院作为当时条件最好的医学院，收取的学费不菲，就算考上医学院，还要读八年时间，意味着父兄还要供她八年，这对他们家庭来说，也是年复一年的重担。

父亲与大哥见巧稚神色不对，仔细地问她考试情况。巧稚一五一十地向他们述说了实情，没能答完最擅长的英语试卷，这一次必定会辜负大家的期望了。说着说着，巧稚难过起来，鼻子一酸，豆大的泪珠从眼眶中滚落。命运之神为她擦亮了梦想，却又把它变成遥不可及的星辰。

"丽咪，"父亲怜爱地拍了拍女儿的手背，赞许道，"你的选择是对的。但去助人，莫问结果。"

一个月后，林巧稚意外地收到了一份录取通知书。

后来她才知道，监考先生专门为她写了一份报告，附在她未完成的试卷后面。在报告中，监考先生称赞她乐于助人，处理问题沉着冷静，而协和医学院查看到她完成的各科答卷成绩都不错，做出了录取她的决定。

考试中遭遇的意外是突如其来的考验，而在考验中，林巧稚展示了她美好的品行——这正是一位未来的良医需要具备的素质。

"巧稚，我就知道，你一定能考上！"卡林小姐得知这一喜讯，毫不掩饰自己的骄傲与喜悦，将巧稚搂在怀里，"我说过，你是最棒的！"

巧稚羞涩地笑了，命运没有辜负她的勤奋与努力，她的机遇之门打开了。

要去北京了,巧稚与亲人们依依惜别,再一次登上了海轮。"呜——"海轮的启航声响亮又悠长,它即将乘风破浪,带着一位年轻的姑娘和她滚烫的梦想,奔向远方。

走进协和医学院的殿堂（上）

　　风尘仆仆的林巧稚终于站在了协和医学院的大门外。眼前的建筑有飞檐斗拱，典雅庄重。绿色的琉璃瓦在蓝天白云的映衬下，微微反着天光，如森林一般静谧。两只硕大的石狮子，一左一右，守护着朱红的大门。门环是黄铜铸就的，古朴而厚重。这一切，都让巧稚产生了肃穆之感，这里是医学的圣殿，也是自己将要跋涉八年光阴，追逐梦想的地方。

　　协和医学院的前身是清朝末期建立的协和医学堂。后来，美国洛克菲勒基金会接管了协和医学堂，改名为"协和医学院"，用于培养中国本土的医学人才。与此同时，协和医学院与美国纽约州立大学合作并达成协议——协和医学院八年制毕业的学生可以同时拿到纽约州立大学的医学博士学位。协和医学院的学制分三年预科和五年本科，在当时的中国，设八年制的医学院仅此一家。

协和医学院的办学宗旨是培养顶尖的医学人才，让他们能够在各科中独当一面，成为业界翘楚，再进一步去建设和领导基层卫生组织。因而，学院对学生的要求异常严格，八年制的学生要过三关：预科淘汰关、实习淘汰关、毕业分配淘汰关。但凡不合格，学生就会被医学院毫不手软地淘汰掉。

巧稚正式入学后，立即感受到了沉甸甸的学习压力。她就读过的鼓浪屿女子师范学校，并没有开设物理课和化学课，而在协和医学院三年预科学习中，这两门课程却是占学分最多的！

物理和化学就像两座险峻的大山，横亘在林巧稚的面前。不，其实是三座大山——还有普通话！林巧稚学习时惯用英语的思维，而在日常生活中，她只会说闽南语，她的家乡鼓浪屿住着许多外国人，也无人说普通话，外国人全跟当地的民众学说闽南语。这么一来,林巧稚身边完全没有说普通话的语境。而闽南语跟普通话的差别实在太大了,普通话相当于她要学习的一门新的语言!

巧稚没有退缩,她相信,宝剑锋从磨砺出,梅花香自苦寒来。唯有直面挑战,才能领会学习的快乐,只要自己多下一点儿功夫,困难总会被克服。在半工半读期间,她所遭遇的困难不是都迎刃而解了吗?

巧稚开始感念那一段紧张而充实的时光,她在那段时光里学会了如何高效地统筹、规划、利用时间。

课程每天都是新的,巧稚一边学习新课,一边补习从前没学过的物理、化学,她把绝大部分课余时间都用在了攻克这两门功课上。

协和医学院预科的物理和化学老师,通常只用一节课的时间来讲授理论知识,后面的两至三节课则完全留给学生做实验。

从使用显微镜观察标本,到用镊子夹取药品,再到用滴管取用化学试剂……这一切对林巧稚来说都是崭新的。她一丝不苟地操作、记录,写出实验报告。耐心和专注，让她很快掌握了实际操作的技巧，也让她养成了细心观察的习惯、求真务实的科学精神。

学校的图书馆也是林巧稚每天必去的地方，这里有最新的中英文报纸和各种外文期刊，也有许多医学类、文学类、自然科学类的书籍。图书馆从下午六点至十点开放，每天的这段时间，林巧稚都在这里翻阅资料，完成作业，从不缺席。

但时间对林巧稚来说，远远不够用。跟其他学过物理和化学的同学们比起来，她的差距足足有三年，想在短时间内缩小同其他人的差距，谈何容易！

对校园生活日渐熟悉之后，巧稚开始对时间精打细算起来。她发现，校方并不干涉学生的午休时间，那么，午休时间就可以用在学习上。

于是，当同学们都在午睡的时候，巧稚会悄悄溜出房间，躲在教学楼的外面学习。她把地点也选好了：夏天，在二号楼的西边，那里树木葱茏，还不时有凉风掠过；冬天，则去四号楼的南边，那儿背风，阳光也会带来暖洋洋的感觉。

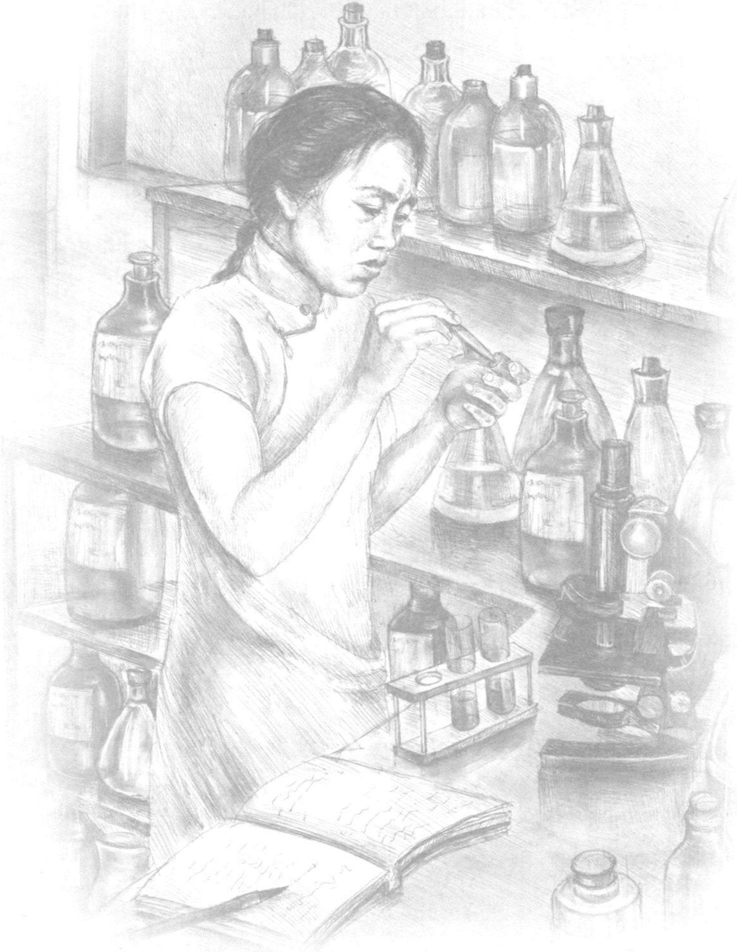

巧稚还发现，学校宿舍会在晚上十点半断电，但到了十二点又会合上电闸。摸清规律之后，巧稚选择在十点半休息，小睡一会儿，到了十二点，又悄悄地打开小小的台灯，捧起厚重的书本。

周末和寒暑假的时间也能利用上。

寒暑假的时间是多么完整，校园又是多么安静呀！巧稚把时间都花在了学习上。有时候，她捧起书本就放不下了。全神贯注地阅读，绞尽脑汁地解题，让她忘记时间的流逝。她常常错过饭点，不过，她也不在乎。发现错过了，她就干脆继续埋首于书本之中，如饥似渴地饱餐着精神的食粮。

林巧稚在学习上的全心投入，很快给了她丰厚的回报。第二个学年，她就能轻松自如地跟上老师的节奏了。她不再畏惧冗长复杂的推理运算，也不再害怕变化莫测的实验操作。物理与化学，不再是她追逐梦想的障碍！

上三年级时，她学得越来越轻松，和同学也熟络起来，她开始和大家一起唱歌、打球，当了校刊的编辑，还参加了大学的演说团。这个身材娇小的姑娘，展现出了大能量。

没人听她抱怨过学习的苦与难，取得优秀成绩时，也没人见她沾沾自喜过。

三年之后，成绩优异的林巧稚顺利地升上本科，而严苛的校规也淘汰掉了与她朝夕相处的六位同学。

只有巧稚知道，为了这来之不易的学习机会，她洒下了多少汗水，又割舍下了多少亲情。整整三年，为了学习，她没有回过一次家！

走进协和医学院的殿堂（下）

这年春天，巧稚没有如期收到父亲的汇款与信函，她隐隐有些不安。父亲的信总是在月初准时到达，他会在信里细细碎碎地说一些身边的事，木棉花开了，杧果熟了，七夕节的炒豆茶香了之类。父亲也常嘱咐巧稚天冷加衣，不要贪黑学习……小小的信封似乎承载不了他太多、太浓的思念。巧稚爱读父亲的来信，他的絮语，把生她、养她的岛屿带到她的眼前，让她常常觉得自己未曾远离。

但现在，父亲的信迟迟未到！

过了几日，信终于来了。然而，巧稚发现信封上是大哥的笔迹。大哥的信很简短，寥寥数语，只说父亲病了，不便写信，让巧稚安心读书，不要惦念。

巧稚怎能不惦念呢？几年未曾回家，一则是怕浪费时间，二则是怕耗费金钱，但她也常常思念着父亲，思念着家！

此后的几个月里，都是大哥代父亲寄来信与汇款。但大哥的风格与父亲不同，他的来信总是写得潦草又短促，还有几分语焉不详。

巧稚决定暑假回家看看。

乘坐了三天的火车加上七天的邮轮，经过十天奔波，迎接巧稚的是鼓浪屿夹杂着淡淡腥味的海风，还有哥嫂含泪告诉她的噩耗——父亲已经病故了！父亲患了脑溢血，走得很突然，但也很安详。

站在父亲的墓前，巧稚的眼泪滚滚而下。巧稚还记得眼眸明亮的父亲，岁月一点儿一点儿染白了他的发鬓，一点儿一点儿压弯了他的背脊，但从未改变过他对巧稚的爱！父亲是多么疼爱她，为了将她培养成才，顶住了多大的压力！如今，父亲住进了这个小小的坟墓，而他的丽咪就算是涕泗滂沱地喊他千遍万遍，也不会有回应了……

巧稚发现，自己不在家的这几年，家里的变化很大。父亲病故之后，兄弟们分了家，家里那幢洁白的小楼也被变卖给他人。大哥在岛上新找了一座房子居住，而大姐因为丈夫病逝，领着孩子回了娘家，同大哥一家生活在一起。

父亲留下了一些储蓄，说是全部用作巧稚的学费。

此时，巧稚的大侄子嘉通已高中毕业，但眼下家里拮据，哥嫂让他先出去做事，等手头宽裕了再重续学业。

巧稚明白，自己在协和医学院念书给家里带来了多么沉重的负担。她一年的学费和生活费大概需要四百块大洋，而在当时的北京，一般人家一年只需两百块大洋就可以维系生存。

巧稚不想再回北京了，她想，留在鼓浪屿当一名老师也是不错的选择。但大哥、大嫂却异常坚决地让她读下去，说阿妈临终时，最放心不下的人就是她，而阿爸最后的心愿，也是无论如何要支持她完成学业。不为良相，当为良医。当一位悬壶济世的医生，可以挽回多少宝贵的生命，可以给多少家庭带来幸福与安宁。阿爸说，他希望为林家培养出一位良医，福泽一方。

带着全家人的期望，巧稚回到了北京。

三年级之后，医学生进入临床学习阶段，先是到医学院的附属医院北京协和医院的各科室轮流见习，一年之后，再到门诊实习，最后一年，则是到病房担任实习医生。

巧稚努力将这一切做到最好。

在门诊，她尽心尽力地协助医生接诊，而在病房时，她会每天早起，巡视自己分管的病人，耐心询问他们的情况，做细致完备的记录，并做出自己的判断，留待与主治医生的判断相互印证。倘若有手术，巧稚总是提前进入手术室，一丝不苟地做术前的准备。那时候的协和医院，手术器械师和麻醉师都是由实习医生担任。

一九二九年六月十二日，林巧稚迎来了她的毕业典礼。

身穿博士服、头戴博士帽的林巧稚坐在礼堂里，百感交集。八年的学习，终于画上了一个圆满的句号。

"本届的文海奖得主是——林巧稚！"校长先

生在台上大声地宣布。

礼堂里顿时掌声如雷。林巧稚在热烈的掌声中站起身来，此刻，她的眼眶里闪烁着泪光。

"文海奖"的设立者文海是早年协和医学堂的一位外籍医生，他捐出了自己的全部财产，用于奖励毕业生中成绩最优秀者，每年只授予一人。

在讨论"文海奖"获得者时，校委会曾有过小小的争执。这届毕业生中，按本科五年的成绩统计结果，林巧稚比另一位男生高出一点五分。然而，有人认为，从长远发展看，男学生今后对协和医学院的贡献必定超过女学生，再说，两人的成绩相差并不大，所以，应将这届的"文海奖"同时授予两人。

另一位先生发表了自己的看法。他说，林巧稚为公益活动做了许多贡献，她为人热忱，有爱心，这是做医生最可贵的品行，况且她的学习成绩也格外优秀，所以，林巧稚获得"文海奖"当之无愧。

在协和医学院，每位教师都会详细地对学生的各方面进行记录。学生平时的学习报告、实验报告、读书笔记以及考试成绩是很重要的一个方面，同时他们还会评估这位学生是否具备成为一位优秀医生的潜质——有从事教学科研的能力，言行得体，举止文雅，仪表端庄……

林巧稚从校长先生的手里接过了代表着协和医学院最高荣誉的"文海奖"证书，也收到了大家深深的祝福。

她手捧着证书，露出带着热泪的甜美笑容。八年光阴荏苒，此刻，她的父亲再也不能骄傲地大声说"丽咪，祝福你"，但手里这份证书足以告慰父亲的在天之灵。她，林巧稚，历经磨砺，终于顺利毕业，获得行医资格，能够实现救死扶伤的夙愿了！

入职协和，初试锋芒

林巧稚收到让她去协和医院妇产科报到的通知。

妇产科？不是内科，也不是外科？校方的决定令巧稚很是惊讶，与她一起毕业等待分配的同学也是一片哗然。

大家都是这么想的——在当时的协和医院，内科、外科是极其重要的科室，学院前五届毕业生中，名列前茅的都留在了内科或外科，偏偏轮到林巧稚被分配到一个冷门的科室。

那时候，来协和医院妇产科看病的人，跟内、外科比起来，在数量上就有天壤之别。倒不是因为妇产科不重要，而是因为当时中国是半殖民地半封建社会，女性思想保守，许多女人就算是生病，也是选择让中医把把脉，开几剂汤药，不到万不得已，绝不会上医院看西医。

林巧稚的毕业成绩是全班第一，她还获得了"文海奖"，按惯例应该被分往重要的科室。病人越多，医生才越有可能积累丰富的临床经验，从而在医术上更加精进，这是常识。同学们纷纷说，这是天大的不公！他们也为自己的出路担忧起来。协和医院留聘的是顶尖的人才，倘若对林巧稚的安排也这么不尽如人意，那么，他们想在协和医院占据一席之地也会非常困难。

林巧稚有些拿不定主意。协和医院是当时全国顶级的医院，她那么努力地学习，却遭受不公平的待遇，不能跻身于最好的科室，这仅仅因为她是个女生吗？那么，在此后的岁月里，她会一直备受歧视吗？

学生们的不安情绪很快被校方知晓，时任协和医院妇产科主任的麦克斯维尔先生立即出来解释道，是他向学院申请将林巧稚分配到妇产科的，并且，是他努力劝说内、外科主任放弃对林巧稚的推荐使用，因为由他主持工作的妇产科急需林巧稚这样的人才。

"同学们，请大家放心，医院会对大家的聘用做最妥当的安排。林巧稚被分到妇产科，是我强烈要求的。你们想想，妇产科没有一位中国的女医师，那怎么行呢？除非，我们不开设妇产科，也不打算为中国的女人治病。大家都知道，中国的女人更愿意让中国的女医师治病！"

麦克斯维尔先生说的是事实，那时，清王朝被推翻不过十余年的时间，中国的女性还未从封建思想中解放出来，不到万不得已，她们是不会选择与男性医师打交道的。

麦克斯维尔先生的话在林巧稚的心里掀起波澜。

诚然，自己想做一个顶级的医生，但做医生，不就是为了给人祛除病痛，让他们恢复健康吗？林巧稚知道，许多女性患者，无论患了多么严重的妇科病，宁可在痛苦中死去，也不愿意配合西医做妇科检查、治疗。她在妇产科实习的时候，就明显地感受到患者对她的偏爱。在她的诊室前，候诊的人总是排着长长的队伍，等着她为她们诊治，即便男医生的诊室门可罗雀，也没人愿意从长长的队伍里走过去。原因，大家都心知肚明——林巧稚是女医生。

林巧稚又想起了自己的母亲。父亲留过洋，思想开明，但母亲是土生土长的厦门人，她生病之后，也不找"洋大夫"，因为她认为女人不应该跟陌生的男人有肢体上的接触。林巧稚后来才知道，母亲当年患的也是妇科病，要是母亲能早一点儿得到正确的治疗，就不至于早早地撒手人寰，留下一个支离破碎的家。

个人的得失并不重要，重要的是，能救治更多的妇女同胞！林巧稚想通了。

几天之后，林巧稚敲响了麦克斯维尔先生办公室的门。她面带微笑，步履轻快地走进去。

"先生，我是来报到的。"

"密斯（即英文Miss的音译，指代年轻女性）林。"麦克斯维尔先生的眼里满是笑意，"我就知道，你会愿意的！"

麦克斯维尔先生请林巧稚坐下，热切地望着

她说:"其实,你到妇产科实习时,我就在想,要是你能留到妇产科工作,对那些羞涩的女病人来说,会是件天大的好事!我早就注意到,她们爱找你看病,而你,也总是耐心地、细心地听她们诉说病情,表现出了一位医者的良好品行。密斯林,我那时候就坚信,你一定能够成为一名出色的妇产科医生!"

麦克斯维尔先生的话让林巧稚心里暖烘烘的。

在那个女性从事社会工作常常被歧视的年月,麦克斯维尔先生却恳切地称赞她,让她知道,她的存在对中国的女性是多么重要!

没错,就让自己来当中国第一位女性妇产科医生吧,以后,还会有更多的女性加入这一行列,惠及更广大的女性患者。那时候,中国的女性就会拥有更健康的体魄,少一些病魔缠身的痛楚和得不到正确诊治的遗憾!

林巧稚接过自己的白大褂,正式成为协和医院的一名住院医师。

住院医师需要每天二十四小时坚守在工作岗位,经过三至五年的临床实践后,由资历更深的医生对其工作进行评定，决定其是升任或被解聘。

林巧稚一旦决定留下，就会努力把工作干好。

每天清晨，她早早地去查房，耐心地询问患者有无不适，或者，经过治疗之后，病情有没有好转。根据病情，她谨慎地做出自己的判断，并仔细核对实习医生的化验结果，再实施治疗方案。她翔实地记录病案。

对待病人，她非常友好、亲切，经常会拉拉病人的手，掖掖病人的被角，把耳朵贴在孕妇的肚皮上听听胎心音……做这一切时，林巧稚自自然然的，就像她和患者是多年的朋友一样。她嘴角的微笑，让病人不由得觉得安心。

因为有了林巧稚大夫，许多女性患者都愿意来求医问药，协和医院的妇产科名气越来越大，能够救治的病人也越来越多了。

第一次独立手术

夜已深,从窗口望出去,黑沉沉的夜空漫天飞雪。雪打在窗户上,立时化成水,像湿漉漉的泪。雪花纷飞,前赴后继,树上、地上都有了积雪,积攒着厚厚的寒意。严寒让夜晚变得格外寂静冷清。

在外国医生的家里,此时有欢快的音乐,喧闹的谈话,以及酒杯频频碰撞的清脆声……今夜,是平安夜,平安夜是他们的狂欢夜。

林巧稚查过房,知道她负责的病人全都情况稳定后,才回到宿舍,安心入睡了。这么一个寒冷的夜晚,谁不愿意在温暖的被窝里安睡呢?

夜半时分,林巧稚被一阵急促的电话铃声惊醒了。

急诊科来了一名年轻女子,情况十分危急!

林巧稚遇到过这种病例,但她的权限只能做紧急止血处理,至于怎么治疗,必须经过主任会诊。她下意识地拨通了主任的电话。

"麦克斯维尔先生,急诊科来了一名子宫破裂、流血不止的患者……"

不等林巧稚说完,麦克斯维尔打断她的话:"那你先做止血处理。"

"我看她的情况,恐怕……"林巧稚没有说下去,在医院待久了,自然会见到许多生死,但死亡仍然让巧稚那颗柔软的心难以接受,做一名良医,就要学会跟死神赛跑,从他手中夺回病人的生命!

"外面雪很大,路很不好走,我就算赶过去,也可能来不及了。倘若你处理不了,就让他们转到别的医院吧。"麦克斯维尔踌躇了一小会儿,说道。他那略微含混不清的话语里透露出一个信息——在这个平安夜,他大概喝得有点多。

电话被挂断了。

林巧稚却在那瞬间清醒过来。

风雪很大,病人也是刚从一个小诊所里转过来的，怎么能将她再次推走呢？眼下，这名年轻的女子生命垂危，不容耽搁，自己要做的就是全力救治！那就做一回跟死神赛跑的人吧！必须要赢得这场比赛！

"立即手术！"林巧稚果断地通知值班的护士。

林巧稚一边消毒，一边将手术的流程与步骤在脑海里捋了又捋，每一分每一秒都是那么宝贵，她甚至来不及害怕。她深深地吸了一口气，走上了手术台。

无影灯下，病人脸色惨白，嘴唇也是灰扑扑的，大量的失血让她失去了知觉。

实施麻醉。

立即手术。

林巧稚手握手术刀，没有丝毫犹豫，她曾是解剖课上的优秀学生，也是主任信赖和倚重的助手，她对手术刀并不陌生，只是从来没有单独操刀的机会。而当她独自站在手术台上时，手术刀就成了她亲密无间的伙伴，它那么锋利，闪着银光，仿佛在告诉她，它和她，会同心协力，打一个漂亮仗！

患者的腹部因为积血过多，呈现出紫红色。林巧稚找到破裂的部位，切除，清创，整理，缝合，包扎……

她有条不紊地完成了这一切，示意助手为失血过多的患者输血。

血压回升，体温回升，脉搏逐渐正常，这个濒临死亡的年轻女子恢复了生命体征。

病人被送进观察室时，天空已微露曙光。

林巧稚取下紧绷的手术手套，长长地舒了一口气。她的双手从高度紧张中解脱出来，还隐隐有些发热。脱下手术服时，她才意识到汗水已将她的内衣与后背紧紧地贴在一起。

仔细回忆手术中的每一个环节，似乎没有什么差错。此时的林巧稚，开始有点后怕，自己稍有不慎，死神随时都能夺走患者的生命！

幸好，当时她心里只有手术，只有奔跑，只有拼搏！显然，这一次与死神的比赛，她赢了！

走出手术室，雪后初霁的清晨，显得那么安宁，那么圣洁，拂面而来的风也格外清冽。林巧稚有了一种大战过后的轻松和喜悦，当然，也有些疲惫，她决定一会儿给自己泡一杯浓浓的咖啡。应该说，手术很圆满，每一个环节她都把握得很到位，但她仍然放心不下，病人的情况还需要密切观察，只有当病人恢复正常，才能算得上手术成功。

"我还不能休息！"回到值班室，林巧稚泡了一杯热咖啡，坐下来，开始仔细地书写手术记录。

作为一个资历尚浅的医生，林巧稚的这次手术，自然承担着巨大的风险。按照协和医院的规章制度，她还不具备独自手术的资格，假如手术中出现不测，将意味着她的职业生涯从此中断，这八九年所付出的心血，就会付诸东流！

麦克斯维尔先生来上班时，得知林巧稚已独自完成手术，神色立即紧张起来。他没料到林巧稚竟然这么大胆，协和医院是最重声誉的医院，林巧稚的手术很像一次冒险，也显得很莽撞，极有可能让协和医院蒙羞！

"把手术记录拿给我看！"麦克斯维尔先生严厉地说道。

林巧稚的手术记录非常翔实，每一个步骤都无可挑剔。

但麦克斯维尔先生仍有些不放心，他快步走进病房，要亲自查看病人的状况。

病人已经苏醒过来，情况非常好。

见到麦克斯维尔先生身后的林巧稚，病人的丈夫连声说，感谢林大夫，是林大夫挽救了他妻子的性命！

麦克斯维尔先生一颗悬着的心终于落了地！他以一种不可思议的眼神看着眼前的林巧稚。他曾以为女子都是弱小的，她们常常会表现得缺乏勇气，遇到问题会让男性冲到前头。可这个身材纤细的中国女子，在紧要关头表现出来的勇气与担当，再一次令他刮目相看！

"祝贺你，密斯林！"麦克斯维尔先生大声说，"你真是个了不起的姑娘！果断、冷静，我果真没有看错你，你会成为一名最优秀的妇产科医生！"

当林巧稚第一例手术成功的消息不胫而走时，整个妇产科都轰动了，同事们纷纷向她道贺。

"密斯林，了不起！"

"太让人惊喜了，祝贺！祝贺！"

谁都知道，入职不久就能够独自上手术台，并无可挑剔地完成这一切，是因为林巧稚有着深厚的学术积累，但更重要的是，关键时刻表现出的沉着冷静，说明她拥有一位优秀的医生所应该具备的良好的心理素质！

远赴英国进修

蔚蓝的大海苍茫辽阔，尖削的船头像一把利剑，劈开层层碧浪，白色的浪花如长长的缎带，消散在波涛起伏的海面上。

林巧稚站在甲板上，极目远眺。纵然目不转睛地盯着远方，那个梦想中的国度也无法立时出现在眼前，但林巧稚仍然望着烟波浩渺的海面不住地猜想——自己即将前往的异国他乡究竟是一派怎样的风情。

早在幼年时期，父亲便告诉巧稚，遥远的英国富庶、繁荣，科学技术和文化艺术都有着举世瞩目的成就。而巧稚的中学校长卡林小姐，正是由英国漂洋过海来到鼓浪屿，为学生授业解惑。林巧稚早就对英国有浓厚的兴趣，一直向往着能踏上那片土地，亲眼看一看，瞧一瞧。如今，她终于等到了去英国学习的机会。

这珍贵的机会是麦克斯维尔先生为林巧稚争取的。和林巧稚共事三年，麦克斯维尔先生亲眼看到她是如何兢兢业业工作的。林巧稚不仅能娴熟地为深受病痛折磨的妇女进行手术，驱除病魔，还亲手接来一个又一个降生到这个世界的婴孩。她心无旁骛，把心思都放在诊疗和救助上。林巧稚应该得到出国进修的机会，去国外看看，与顶级的医生进行交流、沟通，了解世界先进的医学理念，参与一些医学难题的研究，以提高学术水平。协和医院虽然是当时中国的顶级医院，但与英国医院的差距还是相当大的。而中国的整体医疗水平，更是与英国有着天壤之别。参观学习，将更先进的治疗方法带回中国，能更好地为广大患者服务。

麦克斯维尔先生对林巧稚寄予厚望，他坚信，林巧稚必将成为中国最出色的妇产科医生。她敬业、上进，敢于挑战难题，她值得拥有更多增长见识的机会。

在林巧稚离开北平①前，麦克斯维尔先生交给她厚厚的一沓信件，这些信件无一例外，全是他拜托自己的旧交故识，照顾这个远渡重洋的中国姑娘的。林巧稚清点过信件，有十四封之多。十四封！林巧稚捧着这些信件，暖意涌上心间。与麦克斯维尔先生共事以来，林巧稚只是做好自己分内的工作，跟他根本谈不上什么私人交情，直到今天，得到麦克斯维尔先生的无私关照，她才发现，原来他也有这么细心的一面。

出发了！

林巧稚搭乘国际海轮，途经马来西亚吉隆坡、斯里兰卡科伦坡，过红海，穿苏伊士运河，越地中海……经过一个多月的长途跋涉，终于来到了英国的首都伦敦。

林巧稚深知，协和医院给予自己的时间并不多。一到英国，她立即投入到学习和工作中，先是访问了剑桥大学，接着又马不停蹄地赶到曼彻斯特医学院进修学习。年底时，她带着麦克斯维尔先生的信件，前往拜访英国皇家医学院的博朗博士。博

---

① 一九二八年至一九四九年北京曾称北平。

朗博士是麦克斯维尔先生的老师,在英国医学界颇有声望,能在他的指导下学习,对林巧稚来说,是弥足珍贵的机会。

老人对林巧稚的到来表示热烈欢迎,他慷慨地允诺,将毫无保留地指导林巧稚,并愿意在她感兴趣的项目上提供帮助。

林巧稚在皇家医学院安顿下来,在博朗博士的帮助下,立即展开课题研究。

似乎又回到了三年前,还在协和医学院那单纯的学生时代。皇家医学院的藏书是多么丰富啊!林巧稚站在那一排排整齐的书架前,闻着书籍散发的淡淡的油墨香,就像鱼儿又回到了大海,闻到熟悉的海水的味道。

她把所有的课余时间都花在了图书馆里。

宿舍、实验室、图书馆,三点一线的生活在林巧稚看来,并不单调,也不枯燥,反倒有一种希望的光芒在闪耀。她一直过的就是这种简单的生活,但简单的生活,却是通往成功最直接、最迅捷的道路。

唯有争分夺秒地学习,才能拥有更丰富的知识。而这些知识,将会为更多的女性祛除病痛,为更多的婴儿迎来生的希望。林巧稚在图书馆里如饥似渴地翻阅着各种书籍，了解最新的医学动向。走进图书馆时，她总会随身带一个面包，饿了便找一个角落，啃几口面包填肚子，她连走出图书馆去用餐的时间都不想浪费！

渐渐地，图书管理员对这个每天必来的中国姑娘熟悉了，她发现这个勤奋好学的姑娘英文功底极为深厚，交流时没有任何障碍。真是位好姑娘！图书管理员会在林巧稚啃干面包的时候，送上一杯热腾腾的茶。

几个月后，林巧稚完成了关于胎儿宫内呼吸窘迫问题的学术论文。

博朗博士认为林巧稚的论文内容充实，见解独到，他决定将这篇论文推荐给即将在伯明翰市举行的英国妇产科医学会议。他也盛情邀请林巧稚参加这次会议，与更多学者进行交流、碰撞，这会令林巧稚的眼界更加开阔，打下更扎实的学术功底。

然而，林巧稚突然收到了协和医院发来的电报，院方要求她立即回国，表示不愿多承担她的学习费用，哪怕麦克斯维尔先生从中斡旋，也无济于事。

林巧稚匆匆结束了在英国九个月的旅居学习和生活，带着遗憾踏上了归途。九个月的时间太短了！不过，在这九个月里，林巧稚也收获了很多，她有信心在回国之后，将自己学到的知识更广泛地运用到临床中，使更多的患者受益。

正如英国的医生们常说的那样：

有时去治愈，
常常去帮助，
总是去安慰。

丰富的知识和悲悯的情怀，会使一位医生的灵魂闪光，当然，也会帮助更多的人拥有健康的体魄。

回国之后的林巧稚，除了要完成本职工作，还有了新的任务——到协和医学院授课，她要将自己所学的知识，毫无保留地传授给学生们，正如博朗博士所做的一样。

在中国，将会有更多的医生，如种子一样散播在不同的土地上，长成参天大树，福泽一方。

胡同里的诊所

一九四一年十二月八日,协和医院的宁静被杂乱的铁蹄声、尖厉的哨子声打破——荷枪实弹的日本军人拥进了这家由美国人开办的医院。当时,日本已和美国宣战,成为敌对方。自然,日本人不再顾忌什么,铁蹄肆意践踏在这片救死扶伤的净土上,协和医院不再成为大家的保护区。

医生也好,护士也罢,连行动不便、生命垂危的病人,也通通被日本军人赶出医院。日军相中了这个水电齐备又拥有暖气的场所,他们要将医院改为自己的驻地,继续在中国炫耀武力,肆意横行。

国土沦丧,生灵涂炭。医生、护士搀携着病人,蹒跚又屈辱地走出协和医院的大门。

林巧稚当然也身处其中。

协和医院不能免于战火,这是早就注定的事情,但这一天的到来,仍然让林巧稚心里多了一分茫然,还有愤怒!

早在一九三七年卢沟桥事变发生时,麦克斯维尔先生便立即选择了回国。临行之前,他邀请林巧稚再次前往英国。麦克斯维尔先生惜才,他承诺,自己一旦回国,安顿下来之后,就为林巧稚联系医院。在英国,像林巧稚这样优秀的妇产科大夫,想要站稳脚跟并不难。

然而,林巧稚婉拒了他的盛情。

"麦克斯维尔先生,谢谢您,我不离开协和医院。"

麦克斯维尔对于林巧稚的选择很是不解,战争是多么残酷,炮弹都是不长眼睛的,一个文文弱弱的女子待在这里,连安全都无法得到保障,不是浪费了她的才华吗?

"我跟您不一样。英国是您的祖国,而这里,是我的祖国。"

"战争随时会危及人的生命,你无法确保自己的安全，又如何救助别人呢？"

"有战争，自然会有人受伤，或者说，会有更多的人受伤。"林巧稚声音不高，却透着无法更改的坚定，"这个时候的祖国，更需要一位能够救治同胞的医生。我不能在祖国需要我的时候离开。试问，麦克斯维尔先生，倘若一个人的家里遭遇了变故，他是应该挺身而出，承担起维系家庭的责任，还是置水深火热中的家人们不顾，自己逃往安全的地方呢？"

麦克斯维尔先生知道，这个看似弱小的中国女子，心里有着大主意，她有自己的见解，不会轻易地改变自己的心意。只是，太遗憾了，一个优秀的医生，却不懂得保护自己……

而一九四〇年，林巧稚在美国学习时，已有风声传来，说是协和医院即将关闭。当时，身在美国的林巧稚已被聘为"自然科学荣誉学会会员"，以她的资历和能力，留在美国也是易事。但林巧稚还是在纷乱的局势之下，决定回国。此次，她没有顺路返回厦门小憩几日，因为厦门已被日军占领，她的大哥大嫂在厦门艰难度日。林巧稚打算回到北平后，再把他们接到身边，一家人在一起，共同面对时下的艰难。

局势越来越乱，同事、朋友们都担心林巧稚的安危。

有人劝说她赶紧出国，有人让她到外地避难，以她的医术，在哪里想要扎下根都不成问题。北平，实在是危机四伏。古人云："危邦不入，乱邦不居。"北平有许多知识分子，为保存民族振兴的力量，已陆续迁往西南大后方，这其中包括林巧稚多年的朋友冰心。朋友们的关心让林巧稚深受感动，但她仍然没打算南迁，她在北平生活了多年，如今，她的侄儿、侄女，还有寡居的姐姐，都在北平定居，她不能撇下他们说走就走。

况且，在性子看似温和实则刚烈的林巧稚的心间，她这辈子也不会选择"屈服"这个词语。

越是艰难的时刻，越是要沉着、冷静，这是林巧稚多年来在工作的磨砺中获得的经验。此时的林巧稚已经定下心来——被赶出协和医院，那就再找一个地方继续行医。

战火纷飞的这几年，林巧稚因精湛的医术、深厚的学养而被院方任命为主任医生。她平日里的花销不多，手里的积蓄完全可以用来开一个小的私人诊所。林巧稚办诊所还有一个优越的条件：她未来的侄女婿周华康在协和医院儿科当实习医生。她和家人一合计，决定租一个院子，将诊所开起来。

林巧稚相中了东堂子胡同里的一个四合院，这里有北房七间、南房八间、西房三间，除去林巧稚与家人们的房间，病人来就诊，空间倒也宽绰。

挂上牌子，林巧稚诊疗所开张了！

林巧稚比以前更忙了。因协和医院之前收费高昂，去看病的人并不算多，而今考虑到战乱的影响，民生越发艰难，林巧稚决定降低诊疗费，以便更多的人能看得起病。

起初，林巧稚的挂号费定价五角。后来，林巧稚又与周华康商议，将挂号费降至三角，以降低病人的负担。

林巧稚的这一举动引起了同行的非议，当时，北平的诊所挂号费少则五角，多则几块，林巧稚名气大，反倒只收低廉的挂号费，大家都抨击她是想挤对同行。

家里人也有反对的。林巧稚租下的四合院，光是房租就是一笔不小的开销。收费那么低，怎么维持一家人的生计呢?

林巧稚开导家人说,眼下大家的生活那么艰难,对于穷人,能帮则帮,能救则救,大家一起共渡时艰。自己家的生活虽然清贫一点儿,但总能想法子维持下去,而有许多人家都是有上顿没下顿,日子别提有多苦了。

林巧稚一旦决定了的事情,就很难改变,这三角的挂号费就这么保持了下来。附近有的诊所也只好跟着降低收费,林巧稚得知后非常高兴,让更多的穷人能够看得起病,才更能体现医生的价值。在战争年代,少计较一些个人得失,多想一想穷人的疾苦,这也是医者仁心的体现。

遇到一些普通的病人,林巧稚看不过来,她就主动介绍给附近的诊所进行分流。

尽管如此,林巧稚仍然应接不暇,远近三五里、十几里,都有患者找上门来。对于这些患者,林巧稚总是耐心医治。多救治一个病人,多为病人减轻一份痛苦,这是医者的天职。

特殊的出诊包

自从开了诊所,林巧稚就准备了一个出诊包,里面放有镊子、止血钳、手术刀、组织剪、缝合针、绷带卷、酒精棉球……必要的手术器材尽量准备齐全,需要做手术时才能有备无患。

与在医院时不同,遇到病人危急时,林巧稚常常会亲自随病人家属到家里去治病。林巧稚个头儿不高,身材纤细,在这兵荒马乱的年月里,这样的出诊意味着多了许多危险的因素。大姐很是担心她,明明白白地说了反对,可林巧稚执拗得很,像是一头拉不回来的犟驴。只要病人需要,她就二话不说跟人走。在她心里,病人的生命永远比自己的安危要重要许多。

一个初秋的夜晚，雨淅淅沥沥地下个不停。一场秋雨一场寒，再过几日，就该起北风了。

林巧稚刚刚躺下，急促的敲门声穿过寂静的院落，飘入她的耳里。于是，她披衣起床。

门外有一个年轻的车夫，雨水在他的头顶、面庞、双手闪着微光，衣服湿透了，可冷雨浇不灭他眼里的焦灼："林大夫，救救我家里的那位吧！她快不行了……"

见到林巧稚，车夫双膝一弯，跪倒在她面前。

"快起来，我带上出诊包，这就跟你走！"林巧稚吓了一跳，但她很快果断地说道。

"太晚了，你跟一个素不相识的人去，万一……"大姐又忍不住想拦。巧稚是她的小妹呀，在她眼里，就跟自己的女儿差不多，毕竟，她大了巧稚十七岁，母亲又过世得早。

"别担心，他不像是个坏人。"林巧稚拎起出诊包，快步朝门外走去。她当然知道，她不在家的夜晚，对大姐来说，又将是一个无眠之夜。大姐将在守候与等待中辗转反侧，直到巧稚平安到家，她才会安心。但林巧稚根本顾不上许多，救人要紧！

特殊的出诊包

自从那次拿起手术刀，与死神展开赛跑之后，她就一次又一次地与他进行着比赛，争分夺秒、刻不容缓，如此才有可能赢得最终的胜利。

林巧稚坐上了人力车。

年轻的车夫，在闪闪的雨幕中飞奔。雨点啪啪地打在篷布上，仍掩盖不住他粗犷的喘息声。

跑过大街，又穿过小巷，林巧稚辨不清方向。北京的胡同多，七绕八绕的，在许多逼仄的胡同里，住着那些穷苦的人。

"到了！"

林巧稚下了车，还未进门，只见一位白发苍苍的老人迎了上来。见到林巧稚，老妇人一个劲儿地朝她作揖："林大夫，林大夫，救救我那苦命的儿媳妇吧。"

林巧稚得知，这已是产妇的第三胎，前两胎都是在生产中遇到波折，孩子没能顺利地来到人间。

林巧稚怕延误抢救时间，赶紧为产妇检查。她发现产妇很瘦，营养不良导致身体虚弱，再加上胎位不正，她根本无力生产。

凭着经验，林巧稚迅速为产妇扶正胎位。

"不要紧，来，憋劲儿，再用力！"林巧稚一边协助产妇，一边耐心地给她鼓劲。

"快了，快了，再加把劲儿啊。"

原本林巧稚的到来已让这个家庭感到心安，现在她有条不紊地做着这一切，让人不由自主地相信，有了她这个大救星，危险就不复存在。

年轻的产妇听话地跟上林巧稚的节奏，尽管她已经痛得大汗淋漓，湿答答的头发散乱地披在枕头上，但她相信自己会闯过这个生死关头，她会有一个孩子，一定会有……林巧稚为她带来的希望，像黑漆漆的夜里闪耀的星辰，她要努力，再努力……

终于，一声啼哭宣告着胜利的到来。

"生了！生了！"

一家人喜气洋洋。

孩子终于平安地来到人世间。这一切，都是因为有林大夫！

产妇的婆婆接过襁褓中的婴儿，老泪纵横。

"林大夫，都不知道怎么感谢您……"

"应该的。"林巧稚收拾她的出诊包，淡淡地说道。

年轻的车夫原本喜气洋洋的,此刻却局促地搓着手:"林大夫……"这个大男人满脸通红,吞吞吐吐。

林巧稚明白了,他大概是付不出诊疗费。从一进门,她就猜出了,风不断地从歪斜的窗缝里钻进来,门也吱吱呀呀地响着,棉被并不厚实,难以抵挡灌进屋子里的寒意。

付不起钱的穷人,林巧稚见得多了,她救人时从不在意他们的贫富。林巧稚嘱咐道:"她太辛苦了,让她好好睡一觉,缓过来之后吃点东西补补身子。"

说完,林巧稚又意识到不妥。他们家,恐怕连一点儿汤汤水水都没法给产妇熬制吧?

林巧稚又打开出诊包,掏出一点儿现金,递给年轻的车夫:"给,拿去买点好吃的给她,多喝点汤,奶水才会足。"

"那可怎么行!"车夫吓了一跳,脸更红了,两手慌慌地摆动,"辛苦了一个晚上,林大夫,我们怎么反倒收您的钱?"

"快收下,不收,我可要生气了!"林巧稚把钱塞进了他手里。

捧着钱，年轻的车夫泪流满面："大恩不言谢，林大夫，好人哪！"

除了药品器械，林巧稚还总不忘记在出诊包里放一些现钞。开私人诊所的这段时间，她亲眼看见了穷人家艰难的生活。遇到穷困潦倒的人家，她往往会自掏腰包，接济他们。

大姐常常觉得不放心，出诊也就罢了，还在出诊包里放现钞，战时的北平城里什么人都有，倘若遇到歹人，那可如何是好。

林巧稚安慰大姐，倘若遇到歹人，她就会说："把钱拿走，其余的东西对你无用，对我却是用来救人的。"

林巧稚的声誉越传越远。大家都知道了，林巧稚有个特殊的出诊包，遇到极其穷困的人，她不但不收费，反倒会从出诊包里掏出一些钱来资助他们。但凡被林巧稚救治过的人，提起她来，无不是敬意有加。

乱世下的繁忙

林巧稚诊疗所开业不久,钟惠澜便来找她了。

钟惠澜跟林巧稚是同窗,也是同事,两人私交甚好。

协和医院被日军占领之后,钟惠澜也在另寻出路。恰好当时北平中央医院的曹院长对他的医术十分赞赏,有意让他去中央医院接替自己的工作。

中央医院是在医学专家伍连德博士的倡议下筹建起来的,于一九一八年开业,是中国人自己创办的现代化医院,在当时的北京赫赫有名。医院位于妙应寺白塔附近,环境清幽,空气甚佳,非常适合病人疗养。

钟惠澜欣然接受了曹院长的邀约,他打算将医院的各科室进行重组，并创建新的科室。现代医学注重系统的配合治疗，钟惠澜想借此机会将协和医院的医生们聚合在一起，使大家还能在一起工作，也能提高中央医院的整体实力。对于民众而言，也算是一件大好事，要是遇到疑难杂症，大家也有个看病的去处。

"巧稚，协和不在了，但我们的人都还在，我们依然可以重起炉灶，打造水平一流的医院。"钟惠澜第一个想到的便是林巧稚，他想请她来医院创建妇产科，中央医院原先并未设立妇产科。

林巧稚心动了。

中央医院虽然不大，但比起自己的家庭诊所，在规模、设备方面自然有着天壤之别。这意味着，她从此可以收容患者入院，做手术也有了更好的环境和条件。况且，医院更能将从前的同事聚集在一起，保留协和的医学力量。

只是，中央医院在西城，而自己租住的院落在东城，倘若两头跑势必非常不便。林巧稚想了想，决定答应钟惠澜，替他筹备医院的妇产科，而自己的诊所就择日歇业。

于是，她应了下来，并自己去联系王文彬、葛秦生、刘炽明等医生，再去请几位原先在协和医院工作的护士，将中央医院的妇产科创建起来。

为了避免日本人的干涉，他们商定将中央医院改为中和医院。

不久之后，在林巧稚和大家的一同努力下，中和医院的妇产科挂了牌。

林巧稚医生来到了西城，消息很快就传开了，来中和医院的病人络绎不绝。

但令林巧稚没有想到的是，仍然会有人去林巧稚诊疗所找她，并且，他们会絮絮叨叨地说，林大夫去了西城，他们住在东城的看病就太不方便了。他们说的是事实。不是每个患者都愿意走很远的路，穿过半个城市去看病，也不是每个患者都能叫得起人力车，那会增加看病的成本。

宁愿自己不方便，也不能让病人不方便。于是，林巧稚想了个折中的办法，她决定半天到中和医院接诊，半天在自己的诊所为人看病。倘若诊所里来了需要手术的病人，她就介绍他们上中和医院住院。

两头跑的日子特别辛苦，但此举方便了广大患者，林巧稚觉得自己所做的一切都是值得的。

中和医院有一套不同于协和医院的收费办法，医院只收取挂号费、住院费、检查费和药品费，而治疗费和手术费则一律归医生所有，收费标准比协和医院更低、更亲民。和协和医院不同，在中和医院看病的更多的是平民百姓，而不是达官贵人。这是一家老百姓也能看得起病的医院。

在这里，林巧稚保持了她一贯的作风，对待病人，不论贫富，都认真诊治。但在收费上，她会区别对待，倘若是遇到一些穷苦之人，她会少收费用，甚至分文不取。

当时，中国的西医并不多，收费不菲的医生有的盖起了小楼，有的买上了汽车。林巧稚却从不在诊疗费上与人计较，她认为，凭借自己的医术能保障一家人的生活，在这乱世之中，就足以令人心满意足了。

"林巧稚大夫优待，按八五折计算……""林巧稚大夫免收费用……"这些字样常常出现在病人的就诊单据之上，娟秀的字迹无不透露出林巧稚的善良与仁义。

有一次，一个剖宫产的产妇，因在中和医院住了二十多天，出院结账时，拿着账单就哭了。明知自己住院时间过长，费用会比较高，但总得治好病才能出院吧，没想到，账单上的数字令她忧惧顿生，她不知道上哪里去筹措这笔费用，这兵荒马乱的年月，大家生活都不容易。

悲哀的哭泣声传到林巧稚的耳朵里，她一打听，原来是病人无力支付费用。于是，林巧稚给病人写了一张条："某某某的手术费，我同意免收。"

林巧稚对待穷人总是这么慷慨，来找她看病的人越来越多，她也越来越忙。

让她繁忙的不只是给人看病，还有医学院的临床教学任务。

协和医学院由于被侵占，已无法继续开展教学工作，但她与同事们仍然有为国家培养医学人才，不使人才断档的觉悟与共识。这些医学专家，在为人治病的同时，有许多都兼任了北大医学院的科系主任，林巧稚作为妇产科的专家，也负责着北大医学院妇产科的教学工作。

一座医院、一家诊所、一所学校，林巧稚在三者之间往返，生活也是满负荷运转。

林巧稚不觉得苦，治病救人是医者的天职，为国家保存和培养医疗卫生人才，使中国的高等医学教育在残酷、血腥的战争期间也不中断，也是医者对国家应尽的义务和责任。国家病了，满目疮痍，但她仍然有着顽强的生命力！前方，有多少铁血战士在驰骋沙场，与日军鏖战，身处大后方的人们，也要奋发向上，为国家贡献自己的力量！

在林巧稚的心里，严冬终会过去，暖春必将到来。她在中和医院创建的妇产科，又迎来了许多呱呱坠地的孩子，他们是中华民族蓬勃的希望！

崭新的日子

"解放区的天是明朗的天,解放区的人民好喜欢……"

"没有共产党,就没有新中国……"

一九四九年,中国人民解放军进入北平,嘹亮的歌声在北平的街头巷尾飘荡,四处都洋溢着人民当家作主的喜悦。

"热烈庆祝北平和平解放!"

"欢迎中国人民解放军!"

日军投降之后,林巧稚便又回到协和医院上班。每天,前来治病的人总会将各种消息传到她的耳朵里。

"林主任,这个军队可不像过去的,他们都不拿群众一针一线。"

"林主任，解放军啊，没有官兵之别，干部和士兵都是一样喝粥，啃馍馍。"

"解放军待人和气得很，热心得很，跟咱们穷人是一条心。"

这样的言语听多了，林巧稚不由得思索，一人的赞美不算什么，个个都说好，那解放军也许是真的好。可是，每天忙于治病救人的她，没有时间去了解更多。

但林巧稚的心，在被政府的政策、举措一点儿一点儿地打动。

十月二十七日，北京接到鼠疫疫情报告。

早在一九一〇年底，我国的东北地区就曾暴发过一次鼠疫。起初，疫情的蔓延并未引起清政府的重视，直到一九一一年，北京、天津也出现鼠疫病例时，受到威胁的清政府才开始进行防疫工作，任命伍连德博士为"东三省防治鼠疫全权总医官"，全权负责鼠疫的治疗工作。这场浩劫，仅在东三省境内，就夺去了六万人的性命。

当然不能让悲剧重演！政府高度重视，消息传到北京的当天，下午就展开全市动员，立即采取紧急措施。第二天，北京市政府成立了市防疫委员会，层层建立预防组织，建立防疫封锁线，设立检疫站和隔离所，动员医院一切力量开展预防注射、检疫和广泛的宣传工作。

北京市的大小医院全都投入到防疫工作之中，作为一名医护人员，林巧稚也参与了这场"鼠疫阻击战"。亲耳听到了，亲眼看到了，亲身体会了，政府对人民的关爱如春晖，如轻风，蕴含着浓浓的暖意。林巧稚心里的坚冰悄然融化了。

林巧稚和广大医务工作者一起，经过四十天的奋战，将这个烈性传染病完全控制住了。

不久，新的任务又来了。

政府要求医务工作者为全体百姓广泛接种牛痘疫苗，紧接着，又要求他们为民众注射伤寒霍乱混合疫苗、白喉疫苗。

这一系列举措能够有效预防疾病的发生，降低发病率、死亡率，使人民的健康状况得到有力的保障。从前的政府，何曾管过老百姓的死活，又何曾出资为老百姓预防疾病？只有新政府，共产党领导之下的人民政府，在切切实实地为穷苦人民做实事。

林巧稚不再将自己局限于这方小小的世界，她推开协和医院的窗，擦亮自己的眼，欣喜地打量着、观察着这个人民群众当家作主的世界，这个生机勃勃、欣欣向荣的世界。

这一刻，她明确了，新政府是代表人民的政府，新政府的成立是为了让广大人民过上崭新的好日子。和平、安定、欣欣向荣，这一切都是人民政府带来的！

通过这一桩桩、一件件、一连串的事实，林巧稚还领悟到这样一个真理：一个人的力量太有限，唯有与同志们团结起来，齐心协力，众志成城，才能迎来日新月异的美好生活。

感受到社会的进步与文明，林巧稚有了进一步了解中国共产党的渴望，她开始主动学习。毛主席所著的《实践论》《矛盾论》《关心群众生活，注意工作方法》等，她都认真地进行了阅读与学习，她深切地感受到，中国共产党是把人民利益放在首位的。

随着林巧稚一点儿一点儿地去了解,去感受,她对党和政府的信任感,渐渐变得牢不可破,坚不可摧。

林巧稚工作之余,也积极参加各种会议,参与各项社会活动。她深知,如果不积极投身于建设新中国的浪潮中,希望终究会化为空想,中国的繁荣与富强就会成为一个遥不可及的梦。

每一个人都应该像火焰一般贡献自己的力量啊!

林巧稚的转变被同志们看在眼里,记在心里,党和人民赋予了她新的身份。一九五四年九月十五日,第一届全国人民代表大会第一次会议在北京隆重开幕,林巧稚作为全国人大代表,拥有了神圣而光荣的权利:参与制定宪法和有关重要法律,听取和审议政府工作报告……

林巧稚对朋友们说:"我衷心感谢人民给予我的光荣,感谢人民对我的信任和期望,我决不辜负党和毛主席对我的教育和人民对我的重托。我要充分认识肩上责任的重大,尽自己最大的努力,为保卫妇女和儿童的健康做更多有益的工作。我要虚心地向中医学习，和他们团结一道，努力传承祖国的医学文化，忠诚地完成全国人民代表大会代表所肩负的神圣任务。"

是的，现在的她，坦诚而热烈地向党和人民致敬！

庄严肃穆的会场，坐满了来自各行各业的全国人大代表，他们都在认真听取政府工作报告，行使自己手中的权利。

从他们虔诚而庄重的眼神中，林巧稚看到了希望的光芒。一个繁荣富足的强国梦，正在被大家所呵护、所追逐，最终也必然会实现！

有个孩子叫念林

此时,林巧稚的目光落在一份"诊断自愿书"上,手里的笔似有千钧之重。这份诊断自愿书放在她这儿已有半个月,但她迟迟下不了在手术单上签字的决心。

二十四床,那个叫董莉的女人,是从鬼门关里捡回一条命的人。贸然做出决定的话,也许……她又会自寻死路。董莉那双眼睛常常不经意流露出恓惶,让林巧稚十分同情。

董莉为人贤淑,与丈夫关君蔚的感情很好,但因为她婚后迟迟没有孩子,婆婆极为不满。俗话说:"人留儿孙草留根。"婆婆撺掇着丈夫与她离婚,再娶一任妻子。董莉一气之下寻了短见,幸好丈夫发现及时，把她送到医院抢救了过来。婚后第六年，董莉终于有了身孕，但她的身体却出现了不适，经协和医院检查，她在怀胎的同时，子宫的宫颈口长了乳突状肿块。

林巧稚为董莉做了复检，肿块非常明显，怀疑为恶性肿瘤。按照惯例，必须尽快手术切除子宫，防止癌细胞扩散，以保全患者的性命。然而，一旦切除了子宫，不仅胎儿不保，也从此断了患者想要生育孩子的希望。

林巧稚不忍心！切除子宫，等于是把这个苦命的女人往绝路上推！

必须慎之又慎！

林巧稚注意到，董莉的病理结果所显示的不像通常的病变。检验报告的结论是：鳞状上皮呈高度增生。细胞的分裂增生只是表明有癌变的可能，那么，有没有另一种可能——董莉是因为怀孕之后，在孕激素的刺激下，特殊的部位出现了特殊反应？

林巧稚请来了各科专家进行会诊。

她向大家陈述董莉的病情时，也说出了她的想法：患者的症状与一般的宫颈癌患者有区别，也许可以更慎重一些，为患者保留子宫。

但会诊专家们大多认为，出现这种情况，发生癌变的可能性非常大，如果拖延手术时间，患者会有生命危险。

会诊的结论是：尽早切除患者的子宫。

对于这样的结论，林巧稚仍然有些不能接受。诚然，一刀下去，切除了子宫，可能会阻止病灶发展，可子宫一旦被切除，患者是不是还能忍受没有孩子的痛苦，苟活于世呢？

林巧稚再一次为董莉做了检查。患者的症状未见发展，子宫也与正常妊娠者有相同的特征。

林巧稚决定，还是以观察为主，不为她安排子宫切除手术，为她保留一份生育的希望。

做出这个决定异常艰难，这意味着林巧稚需要承担巨大的压力与风险，毕竟，此时离董莉的预产期还有好几个月，她的病情随时有恶化的可能。可眼下，林巧稚把自己的声誉放下了，自己承担一些风险，也许就会给董莉一家一生的幸福。

不过，林巧稚还得询问董莉的意见。遇到这种需要抉择的病情，医生首先是要尊重患者的意愿。林巧稚将对病情的判断细细分析给董莉听，并告诉她，有一线希望。

"目前，依照你的情况来说，有留下孩子的可能，但可能性非常小，保住孩子要冒很大的风险。倘若病情出现恶化，很有可能危及你的性命。"

"就算只有一分的可能，我也想试试！"董莉坚决地说，"林大夫，您是知道的，要是我无法生育孩子，我这一辈子都会遗憾。虽然我先生不在意我们有没有孩子，但我会介意啊！我不想生活在遗憾之中。"

"那你一定要按照我的嘱咐来做。咱们暂时不动手术，争取保住孩子。但我得跟你说清楚，一旦有什么不舒服，或者发现有出血症状，无论什么天气，不管白天黑夜，你必须立即来医院，直接找我！切记，切记。"

"好。"两行热泪从董莉的眼眶中潸然落下，"林大夫，我真不知道该如何感谢您！"

董莉也知道，会诊时专家的意见是要切除子宫。这些天来，她的心一直像在油锅上煎着、熬着，她吃不下，也睡不好，绝望之下，各种念头在她心里长了又长。

现在，林巧稚的话让她在绝望中看到了生的希望，她迫不及待地就要把这希望攥在手里，紧紧不放开！

"放宽心，尽量保持好的心情，让孩子能够健康地发育。"林巧稚怜惜地拍了拍她的肩，"记住，有问题随时来找我。"

林巧稚的家就在协和医院对面，她的卧室里装有一部电话，只要电话一响，她就会立即赶到医院。林巧稚曾经开玩笑地说："我的唯一伴侣就是床头那部电话，我随时随地都是值班医生。"

后来，林巧稚对她的学生们说："切除子宫，保全病人的性命，当然是最安全的方法。但我总是忍不住会想，倘若她从此失去子宫，不能再生育孩子，那她在这个家庭里，能否还有继续生存下去的勇气和希望？与其做了一次成功的手术之后，由着患者去寻死，不如在手术前医生多承担些风险，把治她的病和救她的命统一起来。"

董莉出院之后，按照林巧稚的嘱咐，每周五都

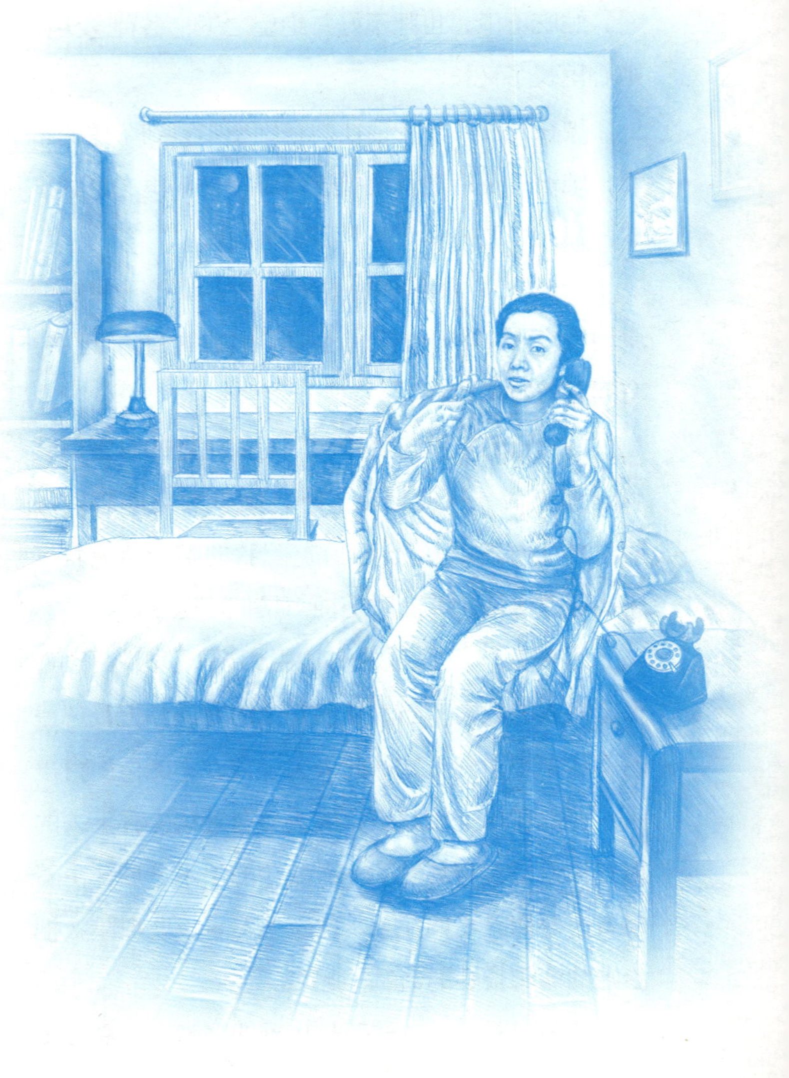

会前往协和医院的妇产科门诊检查。

林巧稚每次都会认真地为她检查,一丝不苟地做好记录。非常幸运的是,董莉体内的那个肿块并没有随着孕程的发展而产生变化。

当胎儿七个多月的时候,林巧稚决定为董莉进行剖宫产手术。

手术非常顺利,一个健康的女婴被林巧稚迎接到了这个世界。

"放心吧,是个健康的孩子,一切都好!你不知道,当初为了你的病情,我是反反复复掂量了好些天,头发都愁白了。"林巧稚轻声对躺在手术台上的董莉说。眼泪再次盈满了董莉的眼眶,大人、孩子都平安,她们仿佛一起经历了一次惊心动魄的冒险,但她们是多么幸运,在林巧稚的帮助下,她们有了完美的结局。倘若不是林巧稚仔细甄别,顶住压力,甘冒风险,董莉和孩子不会有这穿越重重黑暗,迎来美好幸福的时刻。

当董莉喜气洋洋地出院时,伴随着她整个孕程的宫颈肿物也消失了。

几年之后,医学界得出结论。当初,董莉所出现的症状是一种特殊的妊娠反应,肿物被称为"蜕膜瘤",它虽然具有瘤的形态,却不会像普通的恶性肿瘤一样给患者带来生命危险。

林巧稚大胆却又准确的判断与决定,为董莉保住了一个健康的婴孩,为这个曾经差点破碎的家庭带来了喜悦与幸福。

关先生为女儿起名"念林",他们要牢牢地记住林巧稚的恩情。

攻克新生儿溶血症难题

随着新中国邮政系统的完善，通信越来越方便了。林巧稚的案头常常堆着许多信件，这一封封信件基本可分为两类：一类是患者治愈之后的来信，饱含着浓浓的感激之情；更多的是另一类，患者叙述病情的来信，承载着深深的焦灼与不安。

这天，林巧稚收到一封来自内蒙古的信。来信人名叫焦海棠，怀过四个孩子，除去第一个胎儿小产外，后面的三个孩子都顺利诞生。然而，不出几天，三个孩子都出现身体发黄的症状，继而夭亡。如今，她已经怀上了第五胎，过往的经历让她心有余悸，听说林巧稚是国内最优秀的妇产科专家，她怀着深深的期许，给林巧稚写了信，热切地盼望着能得到她的帮助。

焦海棠描述的是典型的新生儿溶血症，是母子之间因血型不合而引起的红细胞破坏过多的疾病。在当时，这是医学上的难题，国内尚无患儿被治愈存活的先例。

林巧稚同情这位想做母亲的女人，但有的事情她也无能为力。

她字斟句酌地回复道："还是请你就地生产，就地治疗为好。"

然而，焦海棠没有放弃，她以母性的本能与执着，一封接一封地给林巧稚写信。

"林大夫，请求您'死马当成活马医'，治好了更好，治不好您也尽到了医生的责任……"

林巧稚无法拒绝一个母亲的哀求。她虽未婚，没有子女，但她见过许多因为无法生育子女而痛不欲生的女性。而每一次婴儿的夭亡，都会在母亲的心上狠狠地剜上一刀！林巧稚想象不出，焦海棠经历了多少痛苦与绝望，她是把自己当成了救命稻草啊，而自己怎么能忍心浇灭她的希望呢？

总会有办法的吧！

下班之后，林巧稚立即钻进图书馆，在那些医学期刊中仔细搜索着新生儿溶血症的相关资料。

国外的期刊偶有治疗相同疾病的报告，只提及采用婴儿脐带换血的方法，但手术的过程，新生儿治疗之后的情形如何，都未见记载。

回到家里，林巧稚同侄女婿周华康探讨。周华康早已成为著名的儿科专家，经验丰富，他深知这是个极其棘手的病症，为新生儿换血，风险太高。况且，没有前人的经验可循。

但林巧稚说："别人治不了的病，我也不去尝试、不去攻克，那样的话，还能在医学上有所突破吗？"

周华康了解林巧稚，他的这个姑姑，在对待病人的问题上，一旦做出了决定，九头牛也拉不回来，还不如支持她、配合她，同她一起攻克这道难题。既然没有先例可循，那就依照平日里积累的经验着手准备与试验。于是，他也与林巧稚一同查找资料，制订方案，探讨细节……

不久，林巧稚给焦海棠回了信："连续来信对我震动很大，我彻夜难眠。我把我的思考同一些医生商量了,得到了大家的支持……希望你收到信后,做好来京的准备……"

十二月,焦海棠预产期将近,她按照与林巧稚的约定,千里迢迢来到协和医院。林巧稚立即组织会诊,汇集了妇产科、儿科、血液科、外科等专家的意见,制订出为新生儿全身换血的方案。

在那个严冬的清晨,焦海棠诞下一个约六斤重的男婴。

整夜守候在产房的林巧稚、周华康等医生,严阵以待,将产妇送回病房后,依然守护在男婴的身旁。几个小时之后,他们观察到婴儿脸上的皮肤开始发黄,过了中午,黄色更深了。

"通知血库,按原计划配血待用。"

男婴出生之后,医生在他的肚脐上留出了一截十五厘米长的脐带,为换血做准备。现在,由王文彬大夫实施手术。

每分钟给婴儿抽出十五毫升的血液,再注入八毫升的预备血液,一切都经过反复的讨论和精确的计算。

突然,婴儿手脚乱蹬,表现出不适。

林巧稚将暖在手心里的听诊器贴在婴儿的胸口，仔细聆听。她有一个习惯，平常总是把听诊器握在手心里暖着，这样，听诊器放在患者胸口时，患者不会因冰冷而感到不适。她听了一会儿，举起一只手，将拇指和食指慢慢张开，又慢慢合拢，王文彬医生会意，将抽血、输血的速度降了下来。

婴儿渐渐平静下来。

凌晨一点五十分，四百毫升新鲜血液输进新生儿的体内，他安静地睡着了。

医生们并没有认为万事大吉了，他们知道，新生儿体内还残留着自身的血液，病情还会反复，因此林巧稚安排专人对婴儿进行观察、守护。

果然，十几个小时之后，婴儿又成了一个"小黄人"。

林巧稚决定为新生儿进行第二次换血，此次手术由姜梅大夫实施。有了上次的经验，她减缓了抽血与输血的速度，又将四百毫升的新鲜血液换到婴儿的体内。

两天两夜过去了，婴儿的黄疸症状消失了。

首例新生儿溶血症患者的换血手术很成功！

又经过一个月密切的观察，婴儿一切正常，应该再没有生命危险了。林巧稚批准焦海棠出院，并安排姜梅大夫定期随访。

焦海棠夫妻为孩子起名"协和"，以纪念协和医院的医护人员为他们的辛苦付出。

多年后，当年的小协和已经平安健康地长大，医学界对新生儿溶血症的治疗也有了突破性的进展。

正如林巧稚所说，遇到疑难杂症，总要想方设法去研究、去攻克，实验与实践是通往成功的道路。林巧稚在遇到难题时，往往敢于挑战，勇于承担风险，她不莽撞，也不狂热，会反复掂量，考虑周全，在取得进展的同时，也时刻提醒着自己，这是人命关天的大事，必须慎之又慎。

谨慎与勇敢，在她的身上得到了完美的统一，也创造出了一次又一次的奇迹。

学无止境

新中国成立之初，政府提倡工业、交通、国防等各领域向当时的苏联学习，及早将我国建设成一个现代化的国家。

一九五二年的夏天，中华医学会召开了小型专家座谈会，号召妇产科医生学习苏联科学家巴甫洛夫的学说，在医院里开展无痛分娩工作。

产妇诞下婴儿时的痛苦，林巧稚见得太多了。她们有的会发出长长的呻吟，有的会泪流满面，有的会呼天抢地，有的则会因为胎位不正或是自身无力而拖长产程，无法顺利生产，从而危及自身和婴儿的生命。

减轻或是消除产妇生产时的痛苦，当然是一件好事，但是，林巧稚想，真的能做到无痛分娩吗？听起来有些像天方夜谭。

在林巧稚的认知里，在医学领域，苏联与当时的先进国家相比还有着不小的差距，她不大相信苏联人能创造出医学奇迹。

一九五三年五月，中国医学代表团飞往奥地利参加世界医学会议。代表团一行有十七人，林巧稚也在其中。

会议结束后，应苏联保健部的邀请，代表团全体成员又前往苏联进行参观、学习。

一个月的访问，改变了林巧稚对苏联医学的偏见。与同行的交流，让她对建立在巴甫洛夫学说基础上的无痛分娩法有了新的认识，并且，她亲眼看到了无痛分娩法在苏联各医院所产生的实效。

林巧稚还明白了，原来自己从前那些下意识的帮助产妇生产的举动，也可以纳入无痛分娩法的范畴。轻声安慰，耐心地指导产妇吸气、呼气，使她们情绪安定，这不都是自己常常做的吗？平日里，自己还总是告诉年轻的医生和护士，产妇需要的是更多的关心和帮助，对待她们，要做到体贴入微。

原来，对待产妇态度亲切，能对她们产生一定的精神安慰效果，减少负面情绪的同时也能减弱她们的疼痛感。只是，自己从未在这方面进行过科学的总结。

在产妇生产过程中，运用小剂量的镇痛剂也是可行的，既能阻断分娩时痛觉神经传递，大幅减轻产妇的痛感，又不影响产妇的运动和子宫的收缩，使产妇保持清醒，主动配合医生的工作。

三人行，必有我师焉。林巧稚对自己之前的固守成见感到羞愧，她感慨地说："一个科学家，学习的任务，学习科学的任务，实在是无止境的。"她还由衷地自我反省："对待科学，不能凭自己的好恶，不能掺杂任何色彩和杂质，用感情取舍科学是有害的。只有尊重科学，从中汲取知识，才能成为一个真正的科学家，才能探知科学的未来。"

从苏联回国之后，林巧稚开始在协和医院推广无痛分娩法。

她还吩咐秘书去新华书店为她找几本学习俄语的书籍，并帮她打听哪里有俄语培训班，她要准备学习俄语了。

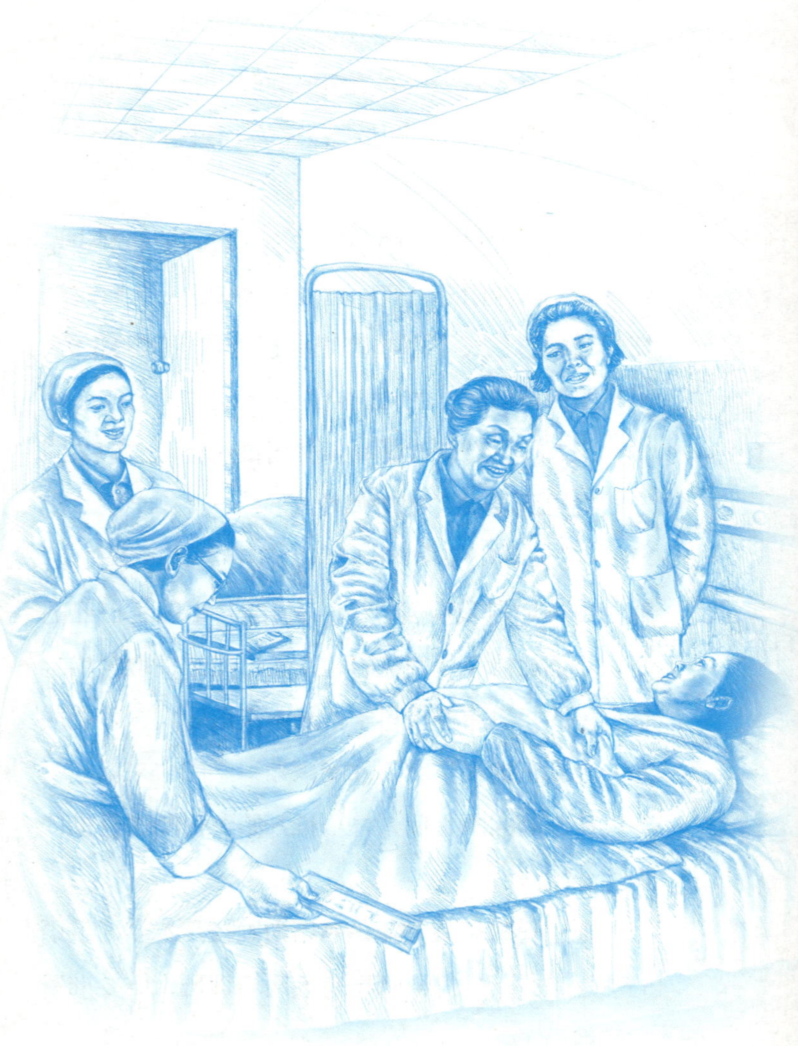

秘书有几分惊讶。出国之前与回国之后的林巧稚，对待苏联医学的态度简直判若两人。之前，她有她的傲气，毕竟她是由英美专家经过漫长而系统的教育培养出来的医学专家，她不相信苏联的医学水平竟然已跻身世界前列。如今，她显然对苏联医学产生了浓厚的兴趣，年过半百的她竟然主动要求学习俄语。

林巧稚坦然地说道："我承认，我之前对苏联的医学有偏见。这次去苏联访问，我收获很大。无痛分娩法是以巴甫洛夫的理论为依据的，我想看看巴甫洛夫学说到底讲了些什么。能真切帮助病人减少痛苦的方法，我们为什么不深入地了解呢？当然要，并且还要进行大力推广，要让更多的病人受益。我这次去苏联访问，还知晓了苏联的医学在其他领域中也有令人吃惊的成就。比如，对于肺结核，英美国家是通过X光检查发现病灶进行确认的，而苏联专家则发现，肺部有病灶之前，结核杆菌会侵入人体免疫力薄弱的部位，此时可以通过病理、细菌、临床等进行诊断……"

跟林巧稚朝夕相处，秘书也知道她的脾性，她决定了的事，不会轻易改变。秘书郑重地点头，答应她会立即着手办理她交代的事。望着林巧稚头上的白发，秘书不禁肃然起敬——林主任已经五十开外了呀，这个年纪，记忆力跟年轻时根本没法比；这个年纪，大概也没几个人能够下定决心要学习一门外语。

秘书把买回来的书籍放在林巧稚的案头后，林巧稚又开始利用一切时间学习俄语。上班时偶有的空隙，下班时的大部分时间，都被她利用起来。记不住的单词，就多记几遍，今天忘记，明天又继续记……

一年之后，林巧稚的俄语水平得到了很大的提高，她常常进入图书馆翻阅俄语书籍与期刊，了解苏联医学的新动向。

林巧稚永远保持着对科学的热忱。她的身体里好像永远都蕴藏着一种力量，一种奋发向上的力量，让她面对挑战时从不退缩，也从不气馁，逢山开路、遇水搭桥，眼前有高山，她会毫不迟疑地去翻越，面前有大河，她也会毫不迟疑地去征服。

一切为病人着想

一九五五年,北京儿童医院落成,协和医院的原儿科主任诸福棠出任了北京儿童医院的院长。提起北京儿童医院,诸福棠颇为骄傲,当时,号称全世界最好的儿童医院——波士顿儿童医院拥有四百张床位,而北京这所新建的儿童医院,拥有六百张床位,规模远比波士顿儿童医院大得多!

北京儿童医院落成后不久,北京市市长彭真来到协和医院,他是来找林巧稚的。国务院已批准要在儿童医院附近新建一所妇产医院,他要来听听妇产科专家林巧稚的意见。

这是造福于民的大好事,林巧稚却摇了摇头:"妇产医院若是建在复兴门,不好。"

"城外的空间大，但对病人来说，太不方便了。要知道，生孩子的时间没个准儿，常常是在夜里。分娩一发作就是刻不容缓的事，不能拖延。妇产医院最好建在市中心交通方便的地方。"

"市中心的地方不好找，但你说的也不无道理。"彭真踌躇片刻，对林巧稚说，"这样吧，林大夫，由您来选址，再考虑一下医院的布局与规划。"

林巧稚下意识地推辞："这怎么行？让我看病还行，参与建设这么大的医院，我心里可没谱儿，还得听专业人士的意见！"

"您放心，修建医院的事，当然要交给建筑方面的专业人士，不过，医院的建设也要听听医生的意见。咱们先把选址的事情落实下来。"

"好！"林巧稚爽快地同意了。

这些年来，林巧稚已兼任了许多职务——中华医学会妇产学会主任委员、中华全国妇联执委、北京市妇联副主席，她还当选为中国科学院第一位女学部委员（院士）。

这体现了党和政府对医学的尊重，对人民健康工作的重视，她深刻体会到了人民当家作主的幸福。所以，只要是利国利民的事，她都愿意参与。

林巧稚常对身旁的人说："个人奋斗的力量是渺小的，党、祖国和人民才是巨大力量的源泉。"只有依靠党和人民的力量，个人才能发出更多的光与热。

一天傍晚，彭真的夫人张洁清来等林巧稚下班。

张洁清曾是林巧稚医治过的一个病人。当初，张洁清来协和医院看病时，林巧稚并不知道她的身份，她穿着一套朴素的灰军装，林巧稚以为她只是一名普通的女干部。在林巧稚的心里，人没有身份的高低贵贱，只有病情的轻重缓急，但张洁清的叙述还是给林巧稚带来不小的触动，让她对党有了更深的了解和敬意。

张洁清说，抗日战争期间，她的第一个孩子生在一间露天的破教室里。为了躲避敌人的追击，孩子一落地，她和孩子就被抬上担架，匆匆转移。山路崎岖难行，她见抬担架的老乡行走吃力，想要减轻他们的负担，就把盖在身上的被子扔掉了……那是个北风呼啸的凛冬,最终,他们安全转移了,但从此,她也落下了病根……

打交道的次数多了,林巧稚便与张洁清建立了友谊。

此时,张洁清与林巧稚坐着一辆小汽车在北京城里转悠。对于未来的妇产医院,林巧稚心里充满了憧憬,她与张洁清一道,认真地做着最初的勘察。她们一面寻找,一面讨论着、评判着,看看能不能寻到最合适的地方。

当来到一条名叫骑河楼的街道时,林巧稚喜出望外,这儿简直太合她的心意了!这条小街不长,位于故宫东侧,离王府井大街不是很远。小街与主干道的距离也就百十来步,却是个闹中取静的好地方,倘若在这里建医院,病人不论是住在城东还是城西、城南还是城北,来这里都方便!

听了林巧稚的汇报,彭真市长也来实地考察了,很快就确定了医院的选址。紧接着,筹建妇产医院的班子成立了,一切都在紧锣密鼓地进行着。不久,医院的设计草图也出来了,筹备组负责人带着设计师来听取林巧稚的意见。

"我关心的是产房和婴儿室。"林巧稚仔细看着设计草图,依照自己的经验提出意见,"产房应该像手术室一样集中,人力、物力调配起来会方便一些。婴儿室里,可以设置一个哺乳间,大夫们可以在这里指导初产妇怎么喂奶,怎么带孩子……"

"再有,产妇的床、椅也要考虑怎样设计才更加合理。现在医院的病床都很高,虽然方便了医生诊治,但产妇们上上下下却很不方便,咱们更应该为产妇们着想……"

虽然林巧稚没有专业的建筑知识,但她有多年与患者互动的经验,即使患者不抱怨,她也能体察她们的不便,她知道,怎样的设计才是更舒适、更方便、更人性化的。

一九五九年六月六日,北京妇产医院诞生了,这是当时中国最大的妇产科专科医院。"北京妇产医院"的院牌由革命家何香凝题写。林巧稚任首任院长。

在妇产医院,大家都亲切地称林巧稚为林院长。

林院长对患者的关爱,对工作的认真,都给妇产医院的医生们留下了极为深刻的印象。林巧稚为妇产医院确立了"德、爱、精、勤"的院训。德为立业之本，爱为事业之基，精为专业之道，勤为成业之梯。

林巧稚以身作则，严格要求妇产医院的医生们要努力做好为女性患者的服务与治疗。她常常说，作为一个医生，既然病人把生命交给了你，你就要尽心尽力，负责到底。比起病人的生命来，你冷，你饿，你困，你累……都微不足道。

大家都知道，林巧稚不是口头上说说而已，她真正做到了知行合一。

在为产妇接生时，面对那些痛苦的呻吟、哭叫，林巧稚从未表现出不耐烦。她会密切关注产妇的状态，耐心地指导她们如何吸气、如何用力。她会轻声地安慰她们，给她们打气，为她们加油。当她们因生产之痛而满头大汗时，林巧稚总是体贴地为她们擦汗，就好像产妇是自己的亲人一般。

医学院的学生来见习，林巧稚要求每位学生完成十例初产妇分娩全过程的观察，并写出完整的产程报告。后来，林巧稚只在一个学生的作业上批了一个"good"。大家把那份作业找来对照，发现那位同学的记录上只比别人多写了一句："产妇的额头上冒出了豆粒大的汗珠。"

林巧稚知道大家不以为意，她向大家解释说："只有注意到这些细节，才会懂得怎样去观察产妇，才能看到在正常的产程中，常常会发生的个体的、种种预料不到的变化。"

林巧稚每周三都会去妇产医院查房。查房在妇产医院是一件很重要的工作，林巧稚要求大夫们把重点病历背得烂熟于胸，在向她介绍病情时必须详细全面，连备忘的小纸条都不能看。还有，林巧稚要求医护人员对病人不能用床位代称，一定要说出病人的名字。她认为只有这样，医生才能跟病人产生更牢固的连接，病人才能更加体会到自己被尊重。

"一切为病人着想！"这是原则，更是医生深得病人信赖的密码。

大家都明白了，为什么林巧稚在病人的眼里，像磁石那样有着强大的吸引力。对待病人，不光要治病，还要让他们安心。

北京妇产医院在林巧稚的带领下,医疗、教学、科研诸方面都做出了突出的成绩,成为首都医科大学以及北京乃至全国重要的妇产科临床基地。

永不停歇的探索

早在入职协和医院的初期,林巧稚就开始关注癌症的研究。她曾翻阅过资料,在协和医院,还没有一例宫颈癌患者被治愈的记载。

早年去英国进修期间,麦克斯维尔先生特意叮嘱林巧稚务必要参观镭放射治疗中心站。

十九世纪末至二十世纪初,科学家皮埃尔·居里及夫人共同发现了镭元素,接着又发现利用镭的放射性可以杀死病变部位的细胞。后来,医学界将其应用于癌症的治疗,称为放射治疗。

放射治疗让癌症有了治愈的可能,但对于恶性肿瘤,仍然需要做到早发现、早治疗,否则,癌细胞一旦扩散,就回天乏术了。

林巧稚从英国回来之后，一直在用心收集着与癌相关的各种资料和数据。

她曾遇到过一名患有宫颈癌的患者，为此，她竭尽所能为其治疗，但因当时的治疗方法有限，仅仅是延长了患者几年的生命。后来，日寇侵略中国，协和医院被日军侵占，林巧稚对癌症的观察与研究便不得不中断，但攻克癌症的梦想从未在她的心中消逝。

转眼到了一九五八年，中国建立了较为完善的医疗系统，仅在北京，就新增了许多医院、卫生所，它们像毛细血管一样，分散在工厂、学校、机关、街道……有了这些基层的机构，人们看病更方便、更迅捷了。

林巧稚认为这是一个好年代，也是开展研究工作的好时机。她向上级部门提议，要为北京的适龄妇女进行妇科普查。通过普查，及早地发现癌症的早期症状，及时进行处理、治疗，不就可以控制病症的发展，降低死亡的人数吗？

林巧稚的建议很快得到了卫生部领导的大力支持。于是，一场浩大的妇科普查工作在北京如火如荼地全面展开。每一份调查表都会详细地记录被查者的年龄、性别、职业、家庭、生育史……通过体检，凭借医生的职业敏感，可以及时地发现受检者的问题，将疾病消除于萌芽状态。

这次普查，林巧稚建议将细胞涂片这一简单有效的方法应用于宫颈癌的检查中。而在这之前，林巧稚已安排协和医院妇产科的杨大望去苏联学习过阴道细胞学。

医务人员对北京八十三个机关单位、二十七所学校和二十二处居民地段的七万多名适龄女性进行了体检和指导，耗时两月有余。一旦发现问题，医务人员会让她们做进一步的检查、治疗。

当一张张体检表汇集过来之后，林巧稚又立即组织大家对记载的数据进行研究分析。这些翔实的数据，为林巧稚的研究工作提供了最有力的事实依据。

很快，上海、广州等地的医务人员也学习北京开展了大普查工作，女性的妇科保健问题得到了广泛的重视。

这一项繁重的工作完成之后，林巧稚很快意识到自己是真的老了。俯首案头时间一长，眼会花，腰会酸，背会痛，毕竟已是接近花甲之年，林巧稚觉得自己的精力与体力都大不如从前了。

思虑几日，林巧稚决定，根据各个医生的特长，为协和妇产科做详细的分科。随后，她将一九四八年以来所积累的癌瘤追踪资料，交给学生宋鸿钊和连利娟，让前者负责绒毛膜上皮癌的研究，后者负责其他妇科肿瘤的研究。

一向要强的林巧稚并不是要在癌症面前退缩、放弃，研究工作还要进行下去，只是她觉得此时退居幕后，在适当给予学生们一些指导的基础上，大胆地放开手，让他们自己去拼搏，他们才会赢得更广阔的天地。他俩都是好苗子，应该能做出更大的成绩来。

"这是我对葡萄胎、绒毛膜上皮癌和宫颈癌研究的心得，现在全交付给你们了。希望你们将这几项研究工作继续下去，早日攻克癌症的壁垒。你们年轻，精力旺盛，又有多年的临床经验，可以为社会多做贡献！"

两位学生下意识地想要推辞。他们深知，林巧稚关注癌症多年，花费了数十年的时间和精力，怎么能在即将有所突破的时候，将多年的心血移交给他们呢？这就像，他们从林巧稚手中接过了培育多年的果树，他们只需要再付出一点儿时间，果实的甜蜜和芬芳就属于他们了。

林巧稚却平静又从容地说："重大科学技术的发现和重大理论观点的形成，都是要靠几代人坚持不懈的努力才能实现。目前癌症是危害人类的一大顽敌，我们至今还没有找到制服它的办法。我现在年纪大了，事务又多，精力有限，不再适合继续研究下去，但我能为你们当颗铺路的石子，当架向上攀登的梯子，也不枉我研究、积累这么多年。你们就放手去做吧，做出成绩来，我也为你们骄傲！"

接过凝结着老师心血的资料，宋鸿钊和连利娟像接过了老师沉甸甸的期许。他们知道，无论如何，也不能辜负了老师的期望，攻克癌症的壁垒，为女性患者带去健康，这是老师长久以来的愿望。

于是，他们和科里的其他同事一起，坚持不懈地从事着这项研究工作。功夫不负有心人，几年之后，他们找到了治疗绒毛膜上皮癌的办法，这项科研成果，在国内外都引起了轰动。

林巧稚十分欣慰，她说："这是让癌症低头的第一步！"

故乡人，故乡情

悠悠天宇旷，切切故乡情。

鼓浪屿、晃岩路、女子师范学校……这些名词早就幻化为一缕缕海风，在踏上归途的林巧稚的心里拂过来，又吹过去，萦回不止。

这次回乡，是林巧稚作为全国人大代表赴福建考察。时间的车轮滚滚向前，转眼来到一九六二年。四十多年前，离开鼓浪屿时，她还是青葱少女，眼里有希冀、有远方，如今，她要回到最初出行的起点。漫漫归程，心里尽是乡情，是牵挂。

鼓浪屿的变化很大，岛上又新建了许多房屋。那幢白色小楼还在，林巧稚仰望着它，凝视着它，小楼有些旧了，日复一日的阳光与海风在它的身上留下岁月斑驳的痕迹，但它仍然毫不吝惜地将她的过去给她——她的笑声，她的梦想，她与亲人之间的浓浓情谊……

然而，从那幢白色小楼里走出的尽是不认识的人，陌生的面孔，陌生的眼神，这令林巧稚有些伤感。父亲逝世之后，她的兄弟们就变卖了它。

更令林巧稚伤怀的是父母的墓地。墓园里，青草萋萋，父母的墓碑已被苍苔染绿。

放下一束黄菊，林巧稚默默地伫立在亲人的墓前。母亲早逝，父亲将她视若珍宝，竭尽全力供她读书，然而，还来不及回报，父亲就化为尘土。嫂子待她也很好，当初宁愿让侄儿停学，也要让她坚持学业，实现夙愿，如今大嫂也去了另一个世界……还有大哥，因战乱流落他乡，生死不明……是亲人们的无私关爱成就了今天的她，亲情是肥沃厚重的土壤，滋养她、培育她，亲人永远只给予，只奉献，从不求回报！

无尽的伤悲涌上心间，在林巧稚的眼里化成雾，又化为雨，无声地滑落。

缅怀，是多么令人难过的词，无言的墓碑，冰冷、坚硬，在生与死之间划上界限。

好在她的其他兄弟姐妹，大多在鼓浪屿开枝散叶，鼓浪屿仍然搁置着她的惦念与牵挂。

林巧稚此次回乡，当地政府十分重视，派了专人陪同。从鼓浪屿过海到厦门半岛，陪同人员为她准备了一艘小汽艇，以示隆重。但她在码头上打听到一张轮渡票只要五分钱后，就直率地说："五分钱的票不买，专门开一艘汽艇为我过海，这样兴师动众，实在没必要！"

在厦门，她召集了生活在福建省的亲友们相聚。原本市政府想要出面招待，但林巧稚执意不肯。她委托厦门侨联帮她联系了一家餐厅，宴请亲友。与亲友们一见面，她便对大家说："我们不能占公家的便宜，大家一起聚个餐，我来付钱，但粮票我没有多的，要各家自己出。"

林巧稚询问着各家的情况，将自己带来的礼物一一分发给众人，衣料、皮包、钢笔……礼虽不重，但那是从千里之外的北京携来的，情意深重。

林巧稚深情地诉说着自己的思念："我常常在梦中看到故乡的大海，那海面真辽阔，那海水真蓝、真美……"

虽然林巧稚与大家久未相聚,但骨血相连,林巧稚的和气与亲切让后辈们从最初的拘谨中摆脱出来,他们用她想念已久的乡音诉说着各自的生活,气氛逐渐变得融洽、轻松。

林巧稚聆听着、微笑着,她为他们的日子越来越好而高兴。

辞别亲人之后,林巧稚又到漳州、泉州、莆田、福州进行考察。在福州,她给在上海的侄儿嘉通和侄媳写信:"这次回来看到了很多亲戚,走了很多地方,一路风景非常好看,一面是山,一面是水,山清水秀,风景如画……最遗憾的是你们没能和我一同回来。待见面时,我会把回来见到的情形详细地说给你们听。嘉通的病好了吗?我很牵念。"

林巧稚一生中的大部分时间都用在了学习与工作上,她常常开玩笑说自己是"一辈子的值班医生"。在她的世界里,"看山看水"都要为给人看病让路。是的,她很少出门,但她的心牵挂着故乡的山山水水,这是生她、养她的地方呀。

原本林巧稚回乡也约了嘉通。然而，嘉通虚弱得厉害，腹痛、低烧，却查不出原因，他怕林巧稚担心，未敢告知。

嘉通的病情很让林巧稚牵挂。一回到北京，她就催促他来协和医院检查治疗。

检查结果出来了，嘉通患上了肝癌，已是晚期。

嘉通是林巧稚最在意的侄儿，当初，他还因为林巧稚上协和医学院，家庭负担过重，停学过一阵，后来，随着林巧稚毕业后经济变得宽裕，他才凭着优异的成绩考入燕京大学，后来成为一位年轻有为的教授。日寇侵占中国时，嘉通曾被日军关押，当时林巧稚忧心忡忡，而今的忧心更甚！林巧稚清楚，即便嘉通配合放疗、化疗，也仅仅是延长一些时日罢了。

嘉通在协和医院治疗了一段时日，身体越来越虚弱，不久之后，他提出要回上海。

他很平静地说："从哪里来，到哪里去，我内心有平安。"

嘉通回到上海后，林巧稚去看过他一次。然而，回天乏术，不久嘉通便辞别了人世。

又痛失一位至亲的人！林巧稚哀痛不已。

从此，林巧稚每月领到薪水，总会分成三份，一份交由侄女懿铿置办生活，一份自由支配，一份寄到上海，继续供养嘉通留下的三个孩子。

救命的林婆婆

一九六五年,列车穿行在春天的原野上,大片的麦田满目青翠,间或又驶进金灿灿的油菜花田,那些明亮的金黄扑入眼里,将未来丰收的喜悦也淋漓尽致地铺展在天地之间。

窗外的一切,像春风,悄悄染绿了林巧稚的心。行走在春天里,总会被一草一木所展现出来的勃勃生机所感染,所打动,春天就住在了心里头。林巧稚此行的目的地是湖南湘阴,在烟波浩渺的洞庭湖畔。

为了响应毛主席的"把医疗卫生工作的重点放到农村去"的号召,中国医学科学院组织了一支巡回医疗队,以湘阴县的关公潭公社为试点,开展医疗工作。那里不通火车，也不通汽车，甚至没有通电，却住着一千多户人家，茫茫的水面将他们与城市隔开，贫穷与富足也有了一湖之隔。

林巧稚就在这支医疗队里，这一年，她已经六十四岁了。她没有在农村生活过的经历，为此，她做足了准备工作，专门做了干净利落的蓝色夹衣，还买了胶鞋，在农村泥泞的道路上用得着。

公社腾出几间房屋作为医疗队的宿舍及办公场所。

条件真是艰苦极了。黑乎乎、空荡荡的房间，跟远在北京的协和医院手术室天差地别。大家到了目的地，立即动手糊顶棚，刷白灰，用纱布糊窗，借来竹蒸屉作为消毒器。没有电，便用手电筒和煤油灯照明；没有手术台，便用药箱加木板代替。

尽管有了医疗队，来看病的人却不多。原来这里的人太穷了，看不起病，花不起钱，再加上交通不便，进城是靠木船往返，也耽误时日，大家就都养成了"小病扛，大病拖"的习惯，不到万不得已，不看医生。

医疗队开会商量，确定将队里的医生分成两人一组，到各个生产队去巡诊、出诊。

一天下午，林巧稚出诊时，突然变了天，空中浓云密布，眼看着就要下雨了。

学生劝她早点回驻地，但林巧稚想着跟前就剩下三个病人了，好不容易来一趟，替人看完病再走。

这么一拖延，雨来了，哗啦哗啦下个不停，天也黑了下来。看来等不到雨停了，林巧稚决定冒雨走回驻地。她接过村民手中的拐杖，和她的学生一起相互搀扶着，一步一滑地往回走。

村里的小路泥泞难行。偏巧林巧稚穿的是浅圆口布鞋，没走多远，鞋子不仅湿透了，还被烂泥糊满了。林巧稚干脆脱了鞋，拎着鞋赤脚走。

别的医生都及早赶回了驻地，不见林巧稚和她的学生，大家等了又等，天都黑透了仍然不见人影，就打算出门找寻。刚一出门，就看见平日里优雅干练的林巧稚正赤着脚往回走，小腿以下全是泥。

林巧稚倒是不以为意，她笑着说，我这个林婆婆变成了泥婆婆。

有一天，一名年轻的女子被送到医疗队来了。她全身浮肿，还不时抽搐，村里的老人说，她人都这样了，恐怕连神仙也救不过来了。

女子才二十岁，况且，她肚子里还有个胎儿，家属不甘心，抱着试试看的心理央人把她抬来医疗队，找到林巧稚。

是妊娠中毒症！

林巧稚立即沉着地进行处理。

"来，吸气，用力……"

林巧稚一边安慰产妇，一边鼓励她。

如今的林巧稚，已被当地人亲切地称为"林婆婆"。然而，一旦到了手术台，她便忘却了自己的年龄。她的眼睛还是那么明亮，双手依然那么灵活，那个与死神赛跑的她，永远那么年轻，那么有活力，她仍旧有力量为患者守护生命之门。

分娩成功的产妇脱离了危险，但婴儿却因产程过长而一度窒息。妊娠中毒症导致的胎儿或婴儿死亡率为一般胎儿或婴儿死亡率的一至五倍。林巧稚不敢怠慢，伸出三个指头，为婴儿做心脏按摩。一下，一下，又一下……当那颗小小的心脏逐渐有了强健的心跳时，她抓住婴儿的小脚，倒提过来，在其后背轻轻拍着——"哇……"一声嘹亮的哭声传出来。

像是一个奇迹，婴儿的哭声穿越洞庭湖的茫茫水面，林巧稚的名声也传播开来。

他们管她叫救命的林婆婆。

一天，一个形容枯槁的中年妇女来找林巧稚，她被妇科疾病折磨了十几年，平时总是腰痛、背痛、腹痛……家里人曾经陪她到县里看病，花掉两百多元，未见好转。在当时，那两百多元几乎是整个家庭的全部财产。

林巧稚在药箱架起的木板上，为患者做检查。凭着多年的经验，她很快找到了病因，为患者治疗，并且开了四角钱的药。

患者的身体奇迹般好转。

乡亲们都相信自己亲眼所见的。来找林婆婆看病的女性多了起来，而在这之前，她们羞涩、内向，根本不愿意到医疗队来检查身体。

在农村，生个孩子就意味着要渡过生死关。林巧稚深深感到中国的农村急需建立基层的卫生组织。毛主席的号召是对的，不亲眼来看看，她根本不知道这里的条件有多么落后，而那些日夜劳作的妇女，她们的健康状况是多么令人担忧啊！

林巧稚抓紧一切时间同其他科室的专家一起，分头组织举办卫生员和助产士训练班。

在训练班上，林巧稚以通俗易懂的方式给学员们传授医疗知识。

要严格消毒，学会观察；要沉住气，掌握时机；要对产妇有耐心，不能让她们有心理负担；婴儿出生之后，最要紧的是扎好脐带，倘若脐带感染，孩子就容易夭亡，这就是民间常说的"四六风"，多发生在孩子出生后四到六天……

医疗队不能长驻，但这些助产士扎根于农村，只要掌握了必要的技能，必将长久地为当地的村民排忧解难，他们才是保障大家健康的基层力量。林巧稚对他们毫无保留地传授医疗知识，让他们能尽快提高技能，为人民服务。

在湘阴待了四个月，林巧稚不仅常常走到村里去为大家治病，还在她搭建的简易手术台上，为一千多个病人进行检查、治疗。

救命的林婆婆

当医疗队离开时，许多村民自发前来送别。他们挥着手、噙着泪，送别为他们带来健康的白衣天使们。其中，当然也包括救命的林婆婆。她虽已白发胜雪，但她的身上永远闪耀着圣洁的光辉。

村民们不知道，林婆婆回去之后，又马不停蹄地开始了《农村妇幼卫生常识问答》一书的编撰工作，她还惦念着他们的生活，希望他们能健康、幸福地生活。

最后一个病人

一九七八年底,林巧稚又在做出行的准备,这次,她将担任中国人民友好代表团的副团长,出访西欧四国。

虽年近八旬,林巧稚仍精力旺盛,坚守在她的工作岗位上,处理着大大小小的日常事务。

又一封求助信从浙江宁海飞来,一名患者在信中诉述她的病情,恳请林巧稚救她一命。

两年前,患者在医院进行剖宫产,手术结束后不到一天,她的腹部就绞痛难忍,并且迅速鼓胀起来,像怀胎时那样。经检查,是手术不当引起的结肠扭转,医生立即为她施行了第二次手术。然而,术后感染,她高烧不退,十多天之后,手术刀口处突然绽裂，脓液四溢，医生立即抢救，再次剖腹、清创。

短短一个月内，动了三次大手术，这个不幸的女人总算是捡回了一条命。然而，厄运并没有结束，伤口处一直有脓液。为她治疗的大夫束手无策，她只好出了院，四处求医问药，跑了好几个大医院，医生都没有治疗良策。

她得知北京有个妙手回春的林巧稚时，如同在茫茫黑暗中看到了一丝曙光。不过，她又担心，林大夫医术高超是没错，但越是名气大，越是时间紧张，也不一定能为自己安排上。她听人说，《人民日报》上还刊登过林大夫的相关报道，她曾为一名老妇人摘除过巨大的卵巢肿瘤。中国那么大，人口那么多，《人民日报》又是权威的报纸，只要看过报道，想要找林大夫治病的人应该排长队了吧！林大夫也许根本不会收治自己，但不管怎么样，也得试试看！她忐忑地给林巧稚写了信。

秘书将信件内容向林巧稚简要汇报时，不出所料，林巧稚当即说："给她回信，让她来协和诊治吧。"

秘书知道，这些年来，遇到疑难杂症，林巧稚从不推托。对患疑难杂症的病人，她都愿意收治。在她看来，这既是在治病救人，也是在为妇产科收集病例资料，为攻克医学难题，为以后救治更多的患者积累经验。但这样的病例，都"麻烦"得很，就像这个患者，已动过三次大手术，盆腔粘连会比较严重，再次手术时，出血量大、伤口感染的概率会大很多。林巧稚选择接收这样的病例，不仅仅是因为她医术精湛，经验丰富，从本质上来说，是她的善良和无私，使她不忍浇灭患者的希望。遇到棘手的病例，仔细诊治、全力以赴，把健康与幸福还给患者，她才能安心。林巧稚总是把个人得失放到一边，她考虑更多的是患者的感受，一旦决定接收患者，她就会负责到底。

按林巧稚的意思，秘书给患者回了信。

患者千里迢迢地赶来了。时机不巧，正赶在林巧稚出国前夕，但林巧稚还是同吴葆桢大夫一起为她做了检查。

"伤口形成窦道，脓液不止。"

"这里痛不痛？"

林巧稚一边触摸，一边细心地询问。

"丫头，是你命大。"林巧稚的一声感叹，让患者的泪一下子决了堤，止也止不住。

"放心吧，这还没到无药可救的地步，能治好。"林巧稚的话，给了患者一颗定心丸。说实在的，患者的心里涌动着各种各样的恐惧，怕林主任也说她没法治，又怕再上手术台，挨上一刀之后，病情会越来越坏……不过，这位满头银发的老人，眼里闪着睿智的光芒，她以多年来积累的丰富经验对自己说"能治好"，这是多么大的鼓舞啊！

"我马上要出国了，不能亲自上手术台，但我会制订好手术方案，替你安排好主刀医生。我的学生，个个都是经验丰富、手艺精湛的好医生。"林巧稚和气地说。

林巧稚把患者交给吴葆桢和连利娟，让他们一定慎重对待她的病情。

患者相信林主任的话，这位老人亲切、和善，让人不由自主地信任她、依赖她，而她又是那么果决，运筹帷幄，决胜千里。

几日之后，患者依照医院的安排，再次躺上了手术台。

待她醒来时，医生告诉她，手术成功，情况良好。

"手术成功！"躺在病床上的患者仍然怀疑自己是在梦中，这样的时刻，她盼了太久太久，两年的痛苦煎熬，让日子就像两辈子那么长！

不过，患者的心还没有彻底放下来，伤口绽裂在她心里留下了巨大的阴影。她按照医生与护士的指导，小心翼翼地养着身子。一切都在向好，伤口不那么疼了，胃口渐渐好了，睡眠安稳了，有力气下床了……

半个月之后，患者得到了可以出院的通知。

患者觉得自己如此幸运，协和医院的大夫们把健康还给了她，把幸福还给了她。然而，她没想到的是，她是林巧稚收治的最后一个病人！

半年后，曾被顽疾折磨得骨瘦如柴的患者，脸颊上有了健康的红晕，她与丈夫定制了一面锦旗，想要送给林大夫，而此时的林巧稚，也躺在协和医院的病床上，由医生变成了病人。林巧稚在出访期间，踏上英国的国土后不久，突然病倒，被诊断为缺血性脑血管病。

生命的尽头

苍老蓄谋已久，给了林巧稚一次突袭——生命的活力从她的左侧身体里被掳走了，左腿力量变弱，左手也失去了知觉。

林巧稚很快从最初的心惊恢复到泰然自若。她已年近八旬，作为一个医务工作者，她很清楚，时间如流水，裹挟着生命向前奔涌，而生命终会衰朽、消逝，如红日落山，如星辰坠海。

英国的医院想留下她，为她治疗，但如从前一样，林巧稚仍然选择回国。

"我要回国，我要回协和。"

此时，林巧稚心里做了一个决定——与死神赛跑，不过，这一次，她是为了自己。还有许多重要的事情要做！时不我待，只争朝夕！

林巧稚最放心不下的就是她要撰写的书。

在妇产科，她遇到的最多也最狰狞的"杀手"仍然是恶性肿瘤，她的母亲就因身患宫颈癌医治无效，撒手人寰。她在协和医院工作了几十年，积累了丰富的临床经验，也收集了许多与肿瘤相关的资料，倘若不将它们变成文字，为后来者留下参考的依据，那将是妇产界的巨大损失。

回国之后，林巧稚在协和住院治疗长达半年，身体逐渐恢复正常，但左手仍然僵硬麻木。

林巧稚再也待不住了！她本是一个一刻也闲不住的人，如今，却从医生变成了病人，被局限在一张小小的病床上，什么也做不了！病床，就像一个囚笼，林巧稚急切地想要冲出去。

院长来看望她，她强烈要求出院。她说自己最了解自己的身体，也能接受左手的麻木，她等不及它恢复正常。事实上，它大概也无法恢复正常。院长只好答应让她出院。

出院之后，林巧稚立即投身于《妇科肿瘤》的编纂之中，查阅资料、分析病例，并细致准确地进行阐述……

写一阵,她就需要休息片刻,活动活动,顺便按摩一下僵硬的左手。

苍老和疾病没能成为她行动的阻碍,反倒成了她的动力。在有限的生命里,为自己热爱的事业努力奋斗,让自己那些宝贵的经验仍然发出光和热,减少病人的苦难与病痛,是她亟待完成的目标!

写写停停,循环往复,速度慢也不要紧,只要持之以恒地写下去!

终于,林巧稚分析、总结了自新中国成立以来协和医院妇产科的三千九百余个病例,参阅近千篇主要文献,根据中国实际和自身经验,完成了《妇科肿瘤》书稿。

在一个冬天的清晨,林巧稚起床时,突然昏厥过去,重重地跌倒在地。

林巧稚没有想到,她床头的那部电话,此刻会成为主动拨向医院求救的电话。

有多少个寒夜,电话传递的都是病人的求救信号,急促而慌张。而林巧稚决不能容忍那些惊惧与惶恐被无限地拉长,不论夜有多深,夜有多冷,铃声一响，便是冲锋的号角，林巧稚不会有丝毫的迟疑，立即起身，奔向离家不远的协和医院，诊断、施救，与死神展开赛跑。

她曾经说过，自己是一辈子的值班医生。

这一转眼，就是一辈子了呀！

小时候，总以为一辈子是很遥远的事，年迈时，才发现一辈子霍然到了尽头。

对于死亡，林巧稚从来没有惧怕过。她这一辈子，为多少人拭去了痛苦的泪水，又迎来了多少欢天喜地的笑容！

她把自己活成了一团火，带给人光亮，带给人温暖，带给人稳稳妥妥的幸福。

生命的尽头，火焰终将熄灭，但又终将被传递下去。她生命中那些长长短短的时光，全都献给了她挚爱的医学、她的病人，还有学生。她深信，学生们不会辜负她的热望，依然会如她一样，将慈悲与关爱播撒人间。

亲朋好友来医院探望她时，她平静地说："我是一名医生，经历了太多的生死，死是谁也无法避免的……"

在治疗期间，有一次，邓颖超的秘书赵炜来医院看望林巧稚。刚从昏迷中清醒过来的林巧稚认清来人后，想起了一件心事。她断断续续地说："……我从不愿意走后门，但有些事想走邓大姐的……后门，请她关心一下建立……妇产科研究中心……的事情。"

赵炜不由得一阵心酸，她贴近林巧稚，捧着林巧稚的一只手说："林大夫，这不是后门，这是正门。您放心，我一定代您转达……"

有一次，照看林巧稚的护理人员好奇地问："林主任，您这双手接生过多少孩子？"

这双手也老了，青筋突起，皱纹密布，散布着褐色的老年斑……这曾经是一双多么灵活有力的手啊，挽救过多少女性的生命，又亲手抱过多少个柔弱的婴儿。林巧稚想了想，说："有几万个吧。"

林巧稚一生未婚，没有自己的儿女，却为千千万万的家庭迎来了新的生命，带来了幸福与希望。

在生命最后的日子里，她时而清醒，时而迷糊。清醒时，她留下遗嘱：

三万元存款捐给医院的托儿所；

遗体供医院做医学解剖用；

骨灰撒在故乡鼓浪屿的海上。

她是想家了。年少时便离开生她养她的家乡，在协和医学院学习、生活，经历过战乱、苦难，也获得了褒奖、敬仰。如今，她想家了，想念那个木棉花灿灿开放、海浪日夜吟唱的岛屿，想念那个埋葬着父母、依然有亲人的岛屿，想念那个飘荡着亲切的乡音、鸥鸟鸣叫的岛屿……

多少年前，她还是一个懵懂无知的孩子，她说，她要成为一名医生。

如今，她圆梦了，也累了，想要回到故乡，回到那个梦想孕育、生长的地方。回首这一生，她的行程比曾经的梦想要远许多，她的天地比曾经的梦想要大许多，她的善行比曾经的梦想要具体许多、广博许多，这就足够了！回到家乡去，回到父母的身旁，重新做回他们的小女儿，告诉他们，这一生，她不曾忘记父亲"不为良相，当为良医"的嘱托，她不曾辜负他们赐予她的生命。

她在昏睡中呓语：

"快，快，拿产钳来！产钳……"

"又是一个胖娃娃！一晚上接生了三个，真好……"

一个人心里最在意的东西往往会在不经意间翻腾出来，显然，治病与救人，在林巧稚的心里深深地扎下了根，进入了她的潜意识，成为她的血与肉，成为她生命的一部分。多少个日日夜夜的惦记与忙碌，在她的睡梦中，仍然牢牢地占据着主要的位置！

如今，她该歇息了。

一九八三年四月二十二日，林巧稚的心脏停止了跳动。

她走得十分安详，八十二载的岁月，绝大部分都是在协和度过的。治病、救人，是她毕生的理想，也几乎是她生命的全部了。她这一生都为此努力，并在患者的笑颜和婴孩的啼哭中获得满足，还有什么可遗憾的呢？

她走了，世上还有许多名叫"念林""怀林""敬林"的孩子，他们在健康茁壮地成长……

林巧稚走了，留给大家的是沉沉的哀思，深深的怀念！

"林巧稚是中国妇女界杰出的代表，她的成就是中国妇女的骄傲。"全国政协原副主席康克清对林巧稚的一生高度赞誉。

"她是一团火焰、一块磁石。她的'为人民服务的一生'，是极其丰满充实地度过的。"她的老朋友冰心也为她哀恸不已。

"创妇产事业，拓道、奠基，宏图奋斗，奉献七窍丹心，春蚕丝吐尽，静悄悄长眠去；谋母儿健康，救死、扶伤，党业民生，笑染千万白发，蜡炬泪成灰，光熠熠照人间。"

厦门鼓浪屿接回了她，并在岛上修建了毓园，纪念这位出色的女儿——林巧稚。

毓园里安放了林巧稚的骨灰，邓颖超亲手种植的两棵南洋杉，伫立在毓园的一角。挺拔苍翠的杉树会日日夜夜守护着她，陪伴着她。

一尊汉白玉雕像寄托了人们对林巧稚最深切的怀念与敬仰。白是最适合她的颜色，她这一生，那么洁净，那么无瑕，也那么纤尘不染！

在鼓浪屿澄澈的蓝天与碧海间，林巧稚的雕像高高伫立，双手交握，面露微笑，望向远方。在远方，有一扇生命之门正在徐徐打开，而林巧稚，就这么笃定地注视着它，胸有成竹，倘若有需要，她仍然会迎着它，全力以赴地奔跑！